VOLLBLUT 18

GLORYS RIVALE

Von Karen Bentley – nach einer Idee von Joanna Campbell

Titel der amerikanischen Originalausgabe:
THOROUGHBRED 18 – Glory's Rival
© 1991 by Daniel Weiss and Associates, Inc. and Joanna Campbell.
Published by arrangement with Daniel Weiss and
Associates, Inc., New York, USA
negotiated through
Literary Agency Thomas Schlück GmbH, 30827 Garbsen
Umschlag-Illustration:
© Paul Casale
Übersetzung: Hans Freundl

Herausgeber und Verlag:
PonyClub, Stabenfeldt GmbH, München
Redaktion und DTP/Satz:
Redaktionsbüro Kramer, Weißenfeld/München
Umschlag-Gestaltung: baumann & friends, München
Druck: AIT Falun AB, Schweden 2001

ISBN 3-935583-17-6

Kapitel 1

„Bleib stehen, Storm!", befahl Cindy, während sie sich in der Box auf den Rücken des Einjährigen schwang. Das war der erste Schritt, um ihn an den Sattel zu gewöhnen. „Ja, so ist's brav."

Storm's Ransom, der wunderschöne einjährige Graue, schnaubte laut, tänzelte nervös einige Schritte zur Seite und warf schließlich seinen eleganten, perfekt geformten Kopf zurück. Len, der Stallmanager von Whitebrook, dem erfolgreichen Vollblüter-Gestüt in Kentucky, auf dem Cindy zu Hause war, streichelte dem Pferd beruhigend über den Hals. „Dieser Bursche hat sich bisher immer sehr korrekt verhalten", tröstete er sie. „Ich wette, wir werden keine Probleme haben, ihn schnell dran zu gewöhnen. Ich glaube, wir werden ihn schon bald auf der Rennbahn sehen."

„Ja, aber Storm wirkt heute ein bisschen aufgedrehter als sonst", bemerkte Heather Gilbert. „Vielleicht liebt er ja das Herbstwetter besonders." Heather war Cindys beste Freundin und besuchte dieselbe Klasse. Sie kam häufig nach Whitebrook, um zu reiten und Cindy bei den Pferden zu helfen. An diesem Nachmittag trainierten sie mit Storm und genossen die kühle, frische Oktoberluft.

„Ich glaube, er fühlt sich prächtig", erklärte Cindy. „Aber du bist ja noch immer ein Baby, nicht wahr?", besänftigte Cindy den jungen Hengst. Sie lag so ruhig wie möglich auf dem Pferd, ihr langes blondes Haar fiel über Storms glänzenden Rücken. Storm war ein sanftmütiger Hengst, aber Cindy spürte dennoch, wie sich seine Muskeln anspannten. „Denk daran, wir haben das schon öfter gemacht", redete sie auf ihn ein. Beim Training ging Cindy immer nach einem bestimmten System vor. Sie rieb ihm die Ohren und die Beine ab, legte ihm das Zaumzeug an und einen leichten Übungssattel auf, und wenn sie aufgesessen war, führte Len sie um den Jährlingsring.

„Heute ist ein großer Tag für dich, Storm", murmelte Cindy. „Benimm dich anständig." Wenn alles gut ging, würde sie heute zum ersten Mal den Hengst allein um den Ring reiten, ohne Lens Unterstützung.

Der junge Graue tänzelte leicht hin und her. Er stieg auch nicht wirklich hoch, denn Cindy hatte ihn fest im Griff. Jede Faser ihres Körpers war darauf ausgerichtet, auch die leiseste Veränderung bei ihm zu bemerken. Sie wusste, dass es sehr riskant war, was sie hier versuchten. Storm konnte sich plötzlich aufbäumen und dabei mit dem Kopf an die Decke stoßen. Es war auch möglich, dass er ausschlug und an die Seitenwände stieß und sich dabei ein Bein brach. Wenn er urplötzlich hochstieg, konnte sie abgeworfen und durch die Hufe des in Panik geratenen Tiers verletzt werden.

Aber ich habe keine Angst vor ihm, sagte sie sich immer wieder, und übertrug dieses Gefühl durch sanfte Berührungen auf das Pferd. Cindy hatte in den sechs Wochen, seit Whitebrook den jungen Hengst Mitte August auf der Jährlingsauktion in Saratoga erstanden hatte, ein enges Verhältnis zu ihm aufgebaut. Sie war überzeugt, dass sie den lebhaften Hengst unter Kontrolle halten konnte. Und außerdem machte es ihr eine Menge Spaß, ihn zu trainieren. Sie war erst zwölf Jahre alt, und sie wusste, dass sie unglaubliches Glück hatte, solch eine tolle Gelegenheit zu bekommen.

Aileen Griffen, die mit ihrem Ehemann Mike Reese Besitzerin von Whitebrook war, erwartete im Januar ein Baby und hatte deshalb vorübergehend das Reiten aufgeben müssen. Mike und Ian McLean, Cindys Vater und Cheftrainer auf Whitebrook, hielten sich seit dem Frühsommer an der Rennbahn in Belmont auf.

Weil alle ziemlich beschäftigt waren, hatte Cindy von sich aus angeboten, bei der Ausbildung von Storm's Ransom zu helfen. Sie hatte sofort eine innige Zuneigung zu ihm empfunden, als sie den jungen Hengst auf der Auktion zum ersten Mal gesehen hatte. Storm hatte stark gezittert, während er unsicher, aber brav hinter dem Händler herlief und sich Mühe gab, mit den neuen Gegebenheiten zurechtzukommen.

„Ganz ruhig." Len zog sanft an Storms Führstrick. „Ich glaube, du solltest jetzt absitzen", riet er Cindy, die noch immer den Hals des Hengstes streichelte. „Fürs Erste, denke ich, reicht es."

Cindy ließ sich langsam von dem jungen Pferd gleiten, bis ihre Füße den Boden berührten. Storm schnaubte laut und drehte den Kopf zur Seite, um sie forschend anzusehen.

"Das bin doch nur ich", sagte Cindy und lachte. "Ich bin immer die Gleiche, egal ob ich auf deinem Rücken sitze oder neben dir stehe. Und das versuchen wir dir gerade beizubringen, Storm."

Der junge Hengst senkte den Kopf ein wenig und schaute sie zweifelnd an, als wollte er fragen, ob das auch wirklich stimmte.

"Glaubst du wirklich, dass du ihn heute schon allein reiten kannst?", erkundigte sich Heather.

"Ja", erwiderte Cindy. Len half ihr bereits wieder hoch auf das Pferd. "Manchmal scheint es zwar für ein paar Augenblicke so, als habe er alles vergessen, was er bisher gelernt hat, aber dann fällt es ihm doch immer wieder ein." Cindy trainierte das Pferd bereits seit sechs Wochen, genau genommen, seit sie von der Jährlingsauktion in Saratoga zurückgekehrt waren.

Das Sommerturnier an der Rennbahn von Saratoga hatte mit einem Triumph für Whitebrook geendet. Cindy lächelte, als sie daran dachte, wie der junge Hengst Glory, der große Graue, den sie vor Dieben gerettet hatte, schließlich beim Travers das Grad-I-Rennen in einer fantastischen Zeit gewonnen hatte. Und jetzt war Glory ein Anwärter für das Breeders' Cup Classic, das bedeutendste Turnier des Jahres, das Ende Oktober stattfinden würde.

Auch Shining, die Rotschimmelstute von Samantha McLean, ihrer achtzehnjährigen Adoptivschwester, war toll gelaufen im Whitney-Turnier in Saratoga. Weil Shining im Whitney so gut gegen die jungen Hengste abgeschnitten hatte, war Samantha noch unentschlossen, ob sie Shining für das Breeders' Cup Distaff melden sollte, das für Stuten bestimmt war, oder für das Breeders' Cup Classic, wo sie gegen Glory und andere junge Hengste antreten müsste. In diesem Jahr sollten beide Breeders'-Cup-Turniere auf der Rennbahn von Belmont in New York stattfinden. Shining, Glory und der Rest der Whitebrook-Pferde waren bereits an der Rennstrecke.

Erneut ließ sich Cindy vorsichtig auf Storms Rücken nieder. Dieses Mal tolerierte der Hengst ihr Gewicht viel bereitwilliger. Er schnaubte zwar einmal kurz, blieb dann aber unbeweglich stehen, als warte er auf ihre Befehle.

Cindy spürte einen Anflug von Freude. "Braver Junge", lobte sie ihn. Sie war sich sicher gewesen, dass an diesem Tag alles klappen würde. Bisher hatte sie bei der Ausbildung von Storm immer gespürt, wann die Zeit gekommen war, um etwas Neues auszuprobieren. Sie wusste auch, dass Len und Aileen mit ihrer Arbeit sehr zufrieden waren. Aber manchmal konnte es Cindy immer noch nicht glauben, dass Mike, Aileen und Ian ihr das Angebot gemacht hatten, beim Training von Storm mitzuwirken.

„Ich hole den Sattel und das Zaumzeug", bot Len an, während Cindy wieder abstieg. „Ich glaube, er ist jetzt soweit."

„Das glaub ich auch." Cindy war zuversichtlich. Sie schlang ihre Arme um Storms Hals, um ihn an das plötzliche Absitzen zu gewöhnen, aber vor allem auch, weil er ein paar Streicheleinheiten verdiente. Der Hengst schnupperte mit der Nase neugierig an ihren Jackentaschen.

„Ich glaube, er will eine Karotte." Heather lachte vergnügt.

„Nein, nein, jetzt nicht, Storm." Cindy nahm Len den Übungssattel ab, legte ihn mit geübten Händen auf und zog den Bauchgurt fest.

„Ich bring dich und Storm hinüber zum Jährlingsring", sagte Len. „Dort könnt ihr dann loslegen."

Cindy nickte und zog den Riemen ihres Helms fest. Draußen vor dem Stall saß sie mit Lens Hilfe schnell auf. Mit beinahe sechzehn Hand war Storm bereits ein ziemlich großer Junghengst. Storm folgte Len langsam zum Jährlingsring, der von hohen Holzwänden umsäumt war, damit die jungen Pferde möglichst wenig abgelenkt wurden. Außerdem war es in diesem abgegrenzten Bereich einfacher, sie unter Kontrolle zu halten.

Ein frischer Wind wirbelte das erste Herbstlaub zwischen Storms Beinen auf. Cindy blinzelte im hellen Sonnenlicht, sie genoss den noch recht warmen Tag. Sie beugte sich etwas hinab, um die Steigbügel zurechtzurücken.

„Hallo, ihr da." Aileen kam von der vorderen Koppel auf sie zugeschlendert. „Wie läuft's denn?"

„Super", antwortete Cindy. Storm tänzelte hinter Len, als könne er es kaum erwarten, auf die Bahn zu kommen und zu arbeiten.

„Storm mausert sich wirklich zu einem prächtigen Pferd", sagte Aileen anerkennend. Sie kniff ihre haselnussbraunen Augen zusammen, um den jungen Hengst zu begutachten.

Cindy hatte das Gefühl, dass Aileen ein wenig wehmütig klang. Sie war jetzt im sechsten Monat schwanger, und in dem weiten Kleid war ihr das auch anzusehen. Natürlich konnte sie jetzt keine Pferde trainieren, aber Cindy wusste, dass sie das Reiten vermisste, so sehr sie sich auch auf das Baby freute. Aileen war eine renommierte Jockey-Dame. Schon im Alter von sechzehn Jahren hatte sie Wunder geritten, mit ihr das Kentucky Derby gewonnen und schließlich sogar das Breeders' Cup Classic.

Wunder hatte man vor einigen Jahren aus dem aktiven Rennsport herausgenommen, nachdem sie sich ein Röhrbein gebrochen hatte, aber sie machte sich fantastisch als Zuchtstute. Ihr erster Sohn, Wunders Stolz, war zum Pferd des Jahres gekürt worden, aber dann hatte er Koliken bekommen und konnte nur noch zur Zucht eingesetzt werden. Mr. Wonderful, ihr zweijähriger Sohn, war zur Zeit auf der Rennbahn in Belmont. Er hatte sich von einer Sehnenzerrung gut erholt und sollte bei den Champagne Stakes starten. Und zwar am gleichen Tag, an dem Glory in seinem nächsten Turnier antreten würde, dem Jockey Club Gold Cup. Das war bereits in drei Tagen.

„Wie geht's Wunders Champion?", fragte Cindy. Sie vermutete, dass Aileen sich bestimmt gerade das fünf Monate alte Hengstfohlen von Wunder angeschaut hatte, das mit seiner Mutter auf der vorderen Koppel weidete. Wunders Champion war im Augenblick das vielversprechendste Hengstfohlen auf Whitebrook.

Aileen lachte. „Was für eine Frage? Du weißt doch, was ich für alle Fohlen von Wunder empfinde. Ich glaube, unser Baby wird bestimmt einmal der erste Triple-Crown-Gewinner von Whitebrook werden. Er ist schon sehr groß und stämmig für sein Alter. Wir werden ihn bald entwöhnen müssen."

Cindy zog die Zügel etwas fester an, als Storm's Ransom über einen kleinen Haufen wirbelnder Blätter sprang. Sie streckte die Hand aus, um ihm über den Hals zu streicheln. „Nur ruhig Blut, mein Lieber", flüsterte sie ihm zu.

Der Hengst beruhigte sich wieder und folgte Len in gerader Linie, während er den Kopf kurz umdrehte, um Cindy aus dunklen Augen anzuschauen.

„Bei diesem Pferd bin ich mir allerdings nicht so sicher, was einmal aus ihm wird." Aileen tätschelte die Flanke von Storm, als er an ihr vorbeitänzelte. „Er ist noch ein unbeschriebenes Blatt."

Cindy wusste natürlich, dass Storm's Ransom keine solch herausragende Abstammung besaß. Mike und Ian hatten das Hengstfohlen gekauft, weil sie glaubten, dass er nach den Anlagen seiner Eltern einen guten Sprinter abgeben müsste. Gewöhnlich liefen Sprinter nur Rennen über eine Distanz von sechs oder sieben Achtelmeilen. „Er macht sich inzwischen aber ganz gut", widersprach Cindy.

„Ich weiß. Mike hat auch mehr Erfahrung mit Sprintern als ich. Und er setzt voll auf Storm", beruhigte Aileen sie.

Im Jährlingsring führte Len den jungen Hengst noch ein paar Schritte, dann ließ er die Zügel los und zog sich mit Heather und Aileen in die Mitte des Rings zurück, um Cindy und dem Pferd zuzuschauen.

„Das ist dein ganz großer Moment", flüsterte Cindy dem Hengst zu. „Ich hoffe, dass du soweit bist, wie ich geglaubt habe."

Sie übte Schenkeldruck aus und forderte ihn auf, im Schritt zu gehen. Der junge Hengst zögerte einen Augenblick, als wunderte er sich, wo Len sei, doch dann setzte er sich in Bewegung. Cindy ließ ihn einmal im Kreis gehen, dabei kam sie ziemlich dicht an die Holzwand. Sie konnte spüren, wie unsicher Storms Bewegungen waren im Vergleich zu einem eingerittenen Pferd wie Glory.

Storm zog den Kreis beim nächsten Mal etwas enger, ging mehr in die Mitte. Geduldig korrigierte Cindy seine Bewegungen mit den Zügeln, zog seinen Kopf leicht in die andere Richtung. Storm musste das alles erst lernen, sagte sie sich, selbst das Schrittgehen im Kreis. Ein Pferd kam ja nicht voll ausgebildet auf die Welt.

Nach einer weiteren Runde stoppte Cindy den jungen Hengst und rieb mit den Beinen seine Flanken. Er blieb still stehen, genau wie Cindy es erwartet hatte. Keine ihrer Handlungen war neu für das junge Pferd. Das einzig Neue war, dass sie die Übungen jetzt völlig allein absolvierten, dachte Cindy. Ihre Wangen röteten sich vor Aufregung.

„Es könnte gar nicht besser laufen", lobte Aileen die beiden von der Mitte des Rings aus. „Versuch doch mal einen Trab."

Cindy schnalzte mit der Zunge und forderte den Hengst zu der schnelleren Gangart auf. Storm reagierte prompt, trabte exakt in dem Tempo, das sie von ihm erwartet hatte. Das ist sensationell, freute sich Cindy. Sie war ganz aufgeregt, wie gut sie und das Pferd harmonierten, aber sie mahnte sich zur Ruhe, um in ihrer Konzentration nicht nachzulassen. Von der Arbeit mit Glory wusste Cindy, wie vorsichtig und sorgfältig sie vorgehen musste, um einen jungen, noch etwas wilden Vollblüter unter Kontrolle zu halten.

Storm warf freudig den Kopf hin und her. Im nächsten Augenblick versuchte er, aus dem Trab in einen Galopp zu wechseln. „Nein, das machen wir jetzt nicht", sagte Cindy und zog seinen Kopf herum, während sie gleichzeitig die Zügel etwas straffte, um ihn langsamer gehen zu lassen. Sie fühlte instinktiv, wie viel Druck nötig war. Zu viel Druck konnte den jungen Hengst verletzen, vielleicht sogar zu einem gefühllosen Maul führen. Und wenn sie seinen Kopf zu abrupt herumriss, konnte er die Balance verlieren.

Bald trabte Storm wieder gleichmäßig vor sich hin, als sei nichts gewesen. „Das reicht für heute!", rief Aileen schließlich, nachdem sie noch einige Runden absolviert hatten. „Sehr schön, Cindy."

Cindy strahlte übers ganze Gesicht, stieg ab und führte Storm aus dem Ring. Storm blieb am Tor stehen und berührte mit dem Maul ihr Haar. Dann holte er tief Luft und schüttelte sich.

„Ja, es stimmt, mein Junge, wir beide machen eine tolle Arbeit." Cindy amüsierte sich und fuhr mit der Hand über den glatten geraden Rücken des Grauen. „Ich kann es noch kaum fassen. Bald bist du ein Rennpferd."

„Das war wirklich Klasse", bewunderte Heather ihre Freundin, während sie den jungen Hengst auf dem Hof vor den Stallungen umherführten, um ihn abzukühlen. Storm tänzelte mit kleinen Schritten hinter Cindy her. Offensichtlich hatten ihn die Übungen überhaupt nicht angestrengt.

„Ja, das finde ich auch. Ich hoffe nur, er vergisst nicht alles, was ich ihm beigebracht habe, während ich in New York bin." Cindy runzelte die Stirn. „Sammy, Aileen und ich werden am Freitag nach Belmont fliegen, so dass wir am Samstag bei Glory sind, wenn er im Jockey Club Gold Cup startet. Das bedeutet, dass ich nur noch zwei Tage mit Storm trainieren kann."

„Er wird es schon nicht vergessen", tröstete Heather sie. „Er ist klug. Und du bleibst ja auch nicht lange weg."

„Nur Freitag, Samstag und Sonntag. Ich zähle schon die Minuten, bis ich Glory wiedersehe." Einen Augenblick lang blieb Cindy mit Storm stehen und dachte voller Sehnsucht an Glory, ihr absolutes Lieblingspferd. „Ich vermisse Glory so sehr", seufzte sie.

Cindy überlegte wohl schon zum tausendsten Mal, wie es Glory wohl zur Zeit ging. Sie wusste, dass sie sich eigentlich keine Sorgen zu machen brauchte. Aber noch vor Glorys sensationellem Sieg im Travers-Turnier war Aileen gezwungen gewesen, einen Anteil von fünfzig Prozent an dem Pferd an die Townsends zu verkaufen, denen Townsend Acres gehörte, ein riesiges Gestüt mit Reitstall. Aileen und die Townsends teilten sich auch das Eigentum an Wunder und all ihren Nachkommen. Das war ein Arrangement, das noch aus der Zeit stammte, als Aileen Wunder für Townsend Acres trainiert und das Pferd zu einem echten Champion gemacht hatte. Gemeinsam gehörte ihnen jetzt auch Wunders Champion, und die Townsends hatten darauf bestanden, dass das Hengstfohlen auf Townsend Acres ausgebildet wurde. Aileen hatte das Einverständnis der Townsends, Wunders Champion auf Whitebrook zu lassen, nur dadurch erlangen können, dass sie ihnen einen fünfzigprozentigen Anteil an Glory abtrat.

Cindy wusste, dass die Townsends als Mitbesitzer von Glory juristisch gesehen ein Mitspracherecht beim Training und bei der Rennplanung hatten. Aber weil Glory auf der Rennbahn so gute Leistungen zeigte, hatte Aileen gehofft, dass die Townsends sich gar nicht einmischen würden.

Doch diese Hoffnung hatte sich nicht erfüllt, erinnerte sich Cindy mit einem Stirnrunzeln. Brad Townsend, der die Geschäfte von Townsend Acres zunehmend in die eigenen Hände nahm, während sein Vater, Clay Townsend, die Angelegenheiten der Firma in Übersee regelte, war ein schwieriger Verhandlungspartner. Außerdem hatte er Aileen nie gemocht. Er und seine Frau Lavinia hatten vom ersten Tag als neue Mitbesitzer ständig die Trainingsmethoden von Aileen, Mike und Ian in Frage gestellt. Und die meisten Vorschläge der Townsends zu Glorys Training hatten Aileen nicht gepasst.

„Ich wünschte, ich könnte mit dir nach Belmont kommen", seufzte Heather wehmütig und fuhr mit der Hand durch Storms silbrige Mähne.

„Es würde auch viel mehr Spaß machen, wenn du dabei wärst", stimmte Cindy ihr zu. Ihre Freundin hätte ihr sicher auch helfen können, an der Rennbahn ein wachsames Auge auf die Townsends zu haben, dachte sie. Aber sie bezweifelte, ob Heather jemals zu einem Turnier, das von Kentucky so weit entfernt stattfand, mitkommen könnte. Heather stammte aus einer großen Familie, und ihre Eltern hatten vermutlich nicht genügend Geld, um eine solche Reise finanzieren zu können. Cindy sagte sich erneut, wie gut sie es doch getroffen hatte. Vor allem, dass sie eine echte Aufgabe an der Bahn übernehmen durfte. Jeder auf Whitebrook akzeptierte das, weil sie und Glory eine ganz besondere Beziehung zueinander hatten. Der junge Hengst lief sofort besser, wenn sie dabei war. „Wir können ja im Herbst zu den Turnieren in Keeneland und Churchill Downs fahren", tröstete Cindy ihre Freundin.

„Ja, das wird Spaß bringen." Heather lächelte.

Storm schaute in Richtung Stall. Cindy konnte von drinnen das Klappern der Futtereimer und auch das Wiehern der hungrigen Pferde hören. „Ich weiß, es ist Zeit fürs Abendbrot." Sie befühlte die Brust des Hengstes, ob sie noch zu warm war. Dann blickte sie auf ihre Uhr, um zu sehen, wie lange sie ihn umhergeführt hatten. „Jetzt solltest du genug abgekühlt sein, mein Süßer. Okay, los geht's."

Storm benötigte keine weitere Aufforderung. Der Graue zog Cindy hinter sich her in den größten Stall von Whitebrook, wo alle fünfzehn Pferde untergebracht waren, die zur Zeit auf dem Gestüt trainiert wurden.

Sie gingen die Stallgasse entlang. Irrwisch, Glorys Katzenfreund, spazierte auf der Boxentür von Glory auf und ab. Der junge weißgrau gesprenkelte Kater hatte Glory von dem Augenblick, als der Hengst auf Whitebrook aufgetaucht war, gewissermaßen adoptiert. Die beiden Tiere waren beinahe unzertrennlich. Aber da Glory die meiste Zeit im Sommer und Herbst unterwegs war, wirkte Irrwisch ein wenig verloren. Er verbrachte die meiste Zeit in Glorys Box, als warte er jeden Augenblick darauf, dass sein Freund zurückkam.

Als Irrwisch Storm entdeckte, hüpfte er von der Boxentür herunter und rannte die Stallgasse entlang, den Schwanz senkrecht hochgestellt. Cindy bemerkte amüsiert, dass Irrwisch mit dem Neuankömmling wohl nicht das Geringste zu tun haben wollte.

„Ich vermute, nicht alle Grauen sind gleich, was?", rief sie dem Kater hinterher. Irrwisch blieb vor der Stalltür stehen und schnupperte hinaus in die kühle Abendluft. Dann verschwand er mit langen Sätzen in Shinings leerer Box.

„Ich glaube, nach Glory steht Shining an zweiter Stelle in seiner Gunst", meinte Heather.

„Ich mag sie auch." Cindy war auch Shinings Pflegerin. Sie kannte Samanthas tolle junge Stute ganz genau.

Cindy warf einen Blick die lange Stallgasse entlang und bemerkte, wie viele der Boxen leer standen. Ein Großteil der Pferde war zur Zeit unterwegs, registrierte sie erneut ein wenig enttäuscht: Glory, Shining, Mr. Wonderful.

„Was ist los?", fragte Heather. „Du siehst plötzlich so traurig aus."

„Oh, ich vermisse nur die anderen Pferde, vor allem Glory. Es fällt mir schwer, ihm nicht jeden Abend eine gute Nacht wünschen zu können." Wenn Glory zu Hause war, führte ihr letzter Weg am Abend immer zu seiner Box und sie erzählte ihm, was alles am Tag passiert war. Natürlich verstand Glory nicht wirklich, was sie sagte, aber er hörte ihr aufmerksam zu. Cindy mochte auch Storm, aber sie wusste, dass es wohl eine Weile dauern würde, bis sie jene Art von Zuneigung zu ihm aufbauen konnte, die sie für Glory empfand.

„Glory und Shining sind doch nur an der Rennbahn", erinnerte Heather sie. „Da siehst du sie doch wieder."

„Ich weiß." Cindy öffnete die Tür zu Storms Box und ließ den ungeduldigen Junghengst hinein. „Es ist ja auch absolut super, dass meine Lieblingspferde in Belmont sind", fuhr sie fort. „Und es wird nicht mehr lange dauern, dann werden Glory und Shining bei einigen der weltweit wichtigsten Turniere an den Start gehen. Und sie wären jetzt auch nicht an der Rennbahn, wenn sie nicht in diesem Sommer so fantastische Rennen geliefert hätten", erzählte sie weiter. „Aber ich fühle mich trotzdem ganz einsam ohne sie."

„Das glaube ich dir gern. He, schau mal, Storm ist wirklich hungrig", stellte Heather fest. Storm marschierte auf und ab und schaute ständig aus der Tür.

„Ja, er wächst ja auch noch. Und außerdem ist das Training ja auch ganz schön anstrengend." Cindy warf einen kritischen Blick auf Storm. Im Halbdunkel wirkte sein Fell wie glänzendes helles Zinn.

Storm schnaubte ungeduldig, als wollte er sagen: Willst du nicht endlich aufhören, mich anzustarren und mir lieber das Futter holen?

„Ich gehe ja schon." Cindy lachte, während sie nach dem leeren Eimer griff und in die Futterkammer lief.

„Meine Mutter ist da!", rief Heather ihr zu. „Ich glaube, ich sollte besser gehen. Bis morgen in der Schule."

„Okay." Cindy runzelte die Stirn, während sie Storms Abendessen zusammenstellte. Die Schule war manchmal wirklich lästig, dachte sie. An diesem Morgen hatte es geregnet, daher hatte sie mit Storm erst nach der Schule statt gleich am frühen Morgen üben können. Das hatte seinen Trainingsrhythmus durcheinandergebracht. Cindy war überzeugt, dass das der Grund dafür gewesen war, warum er an diesem Nachmittag zuerst so nervös reagiert hatte.

Aber dann hatte er ja alles brav absolviert, rief sie sich wieder ins Gedächtnis, als sie den schweren Eimer zu dem wartenden Hengst zurücktrug. Sie konnte schließlich nicht alles so perfekt machen, wie es vielleicht für ihn am besten wäre.

Cindy schüttete das Getreide in Storms Trog und beobachtete einige Augenblicke liebevoll, wie er sich begeistert darüber hermachte. „Gute Nacht, mein Junge", verabschiedete sie sich. „Bis morgen früh in alter Frische." Der hochgewachsene junge Hengst schaute kurz hoch, dann widmete er sich wieder seinem Abendessen.

Cindy machte sich auf zum benachbarten Stutenstall, um Wunder und Wunders Champion zu besuchen. Aileen war nicht die Einzige, die sich von dem jungen Pferd in Zukunft einiges erwartete. Auch Cindy fand, dass der junge Hengst prächtig wuchs und von Tag zu Tag schöner wurde.

Der dunkle Fuchs kaute gemütlich in der Box zusammen mit Wunder an seinem Heu. Als er Cindy entdeckte, kam er zur Boxentür gestakst und wedelte mit seinem kurzen Schweif. „Du findest mich also interessanter als dein Heu?", neckte Cindy ihn. „Vielen Dank."

Wunder schaute hoch, und in ihren sanften intelligenten Augen leuchtete Erkennen auf. Cindy registrierte erneut mit Erstaunen, wie sehr Wunders Champion seiner Mutter glich. Abgesehen von der Farbe des Fells sah er genauso aus, wie Wunder als Fohlen ausgesehen hatte. Das hatte Cindy anhand von Fotos von früher festgestellt.

Schließlich trat sie in die Box, tätschelte die ihr entgegengereckten Nüstern und streichelte den Pferden über die Hälse, der eine in sanftem Kupferrot, der andere mahagonifarben. Wunders Champion kam Cindy viel größer und muskulöser vor als vergleichbare fünf Monate alte Hengstfohlen. Und seine Beine schienen genau im richtigen Winkel zu stehen, um später beim Sprinten die maximale Geschwindigkeit zu erreichen.

„Du bist wirklich ein besonderes Pferd", murmelte sie. „Ich kann Aileen gar nicht böse sein, dass sie deinetwegen den Handel mit den Townsends eingegangen ist und sie zur Hälfte an Glory beteiligt hat. Wir müssen dich einfach hier auf Whitebrook behalten."

„Lasst uns das Beste aus der neuen Situation mit Glory machen", hatte Aileen im Sommer gesagt. Sie hatte dabei ziemlich unglücklich ausgesehen. „Da wir Wunders Champion noch gar nicht testen konnten, ob er wirklich das Zeug zu einem Sieger hat, habe ich den Townsends vielleicht ein tolles Geschenk gemacht – denn bei Glory haben wir ja schon den Beweis, dass er gewinnen kann. Aber bei Wunders Champion haben wir bisher gar nichts in der Hand."

Cindy betrachtete das wohlgebaute Hengstfohlen. Wunders Champion hatte den Kopf auf den Futtertrog gelegt und versuchte mit der Nase auch das letzte Getreidekorn aufzuspüren. Unter seinem glatten dunklen Fell konnte man die kräftigen Muskeln erkennen, und mit seinem stolz gewölbtem Hals war er einfach das Idealbild eines junges Rennpferds, fand Cindy. Wann immer Cindy sich Wunders Champion ansah, war sie überzeugt, dass sie den perfekten Namen für ihn ausgesucht hatte.

„Aileen hat den Townsends eine ganze Menge für dich gegeben", sprach Cindy auf das Pferd ein. „Aber ich bin absolut überzeugt, dass du das wert bist. Und vielleicht wirst du ja einmal das erfolgreichste Rennpferd, das das Gestüt jemals hatte."

Kapitel 2

Cindy lebte nun bereits seit mehr als einem Jahr auf Whitebrook, aber sie hatte manchmal das Gefühl, dass sie sich nie daran gewöhnen würde, wie wunderbar das Leben hier war. Als sie den Weg zum Cottage der McLeans zurücklegte, wo das Abendessen auf sie wartete, stellte Cindy wieder einmal fest, dass der Tag, an dem die McLeans sie adoptiert hatten, der glücklichste Tag in ihrem Leben gewesen war.

Im Dämmerlicht des klaren Herbsttages sah das alte weiß-getünchte Farmhaus von Mike und Aileen aus, als sei es in blaugraue Farbe getaucht, und die Ställe für die Rennpferde, die Zuchtstuten und die Zuchthengste wirkten dunkelrot. Manchmal konnte Cindy es kaum glauben, dass sie wirklich auf einem Gestüt mit dreißig wundervollen Vollblütern mit bestem Stammbaum lebte und eine liebevolle, warmherzige Familie besaß, in der alle sie ins Herz geschlossen hatten. Sie hatte vorher die meiste Zeit ihres Lebens bei irgendwelchen schrecklichen Pflegefamilien verbracht, nachdem ihre Eltern bei einem Autounfall ums Leben gekommen waren.

Cindy betrat den Flur des Hauses und ging direkt zur Küche. Es duftete köstlich nach Essen. „Sammy! Machst du etwa heute das Abendessen?", fragte sie überrascht.

Samantha stellte einen Beutel mit Kartoffeln auf die Arbeitsplatte und lachte. Sie trug eine dunkelgrüne Schürze, die gut zu ihren roten Haaren und den grünen Augen passte. „Dir fällt ja fast die Kinnlade herunter. Wer sagt denn, dass ich nicht kochen kann?"

„Niemand. Nur hast du das bisher ja nie gemacht."

„Beth hält heute noch einen Abendkurs, weißt du das nicht mehr?" Beth McLean, Samanthas Stiefmutter und Cindys Adoptivmutter, betrieb ein Aerobicstudio in Lexington.

„Du hättest mich rufen sollen, damit ich dir helfen kann", erklärte Cindy. Beth war eine exzellente Köchin und führte normalerweise das Regiment in der Küche. Aber Cindy war davon überzeugt, dass auch Samantha etwas vom Kochen verstand.

Samanthas Mutter hatte bei einem Reitunfall ihr Leben verloren, als Samantha zwölf Jahre alt gewesen war. Cindy vermutete, dass Samantha öfter mal für sich und ihren Vater gekocht hatte, bevor Ian und Beth im vorletzten Sommer geheiratet hatten.

„Ich komme schon zurecht. Außerdem warst du ziemlich mit Storm beschäftigt. Wie macht er sich denn so?", fragte Samantha, während sie flink eine Kartoffel in mehrere Stücke schnitt. „Ich wünschte nur, ich hätte mehr Zeit, um dir ein bisschen beim Training zu helfen. Aber das College hält mich zur Zeit ganz schön in Trab." Samantha studierte im zweiten Jahr an der Universität von Kentucky.

„Storm macht sich hervorragend. Er ist so klug und so unkompliziert." Cindy lächelte, als sie sich daran erinnerte, wie vertrauensvoll Storm sie aus seinen dunklen Augen angeschaut hatte.

„Die Leute, von denen wir ihn in Saratoga gekauft haben, haben ein eher kleines Gestüt", erklärte Samantha. „Aber sie kümmern sich intensiv um ihre Pferde. Deswegen ist er vermutlich auch so lammfromm."

„Ja, wahrscheinlich." Cindy nahm den Kartoffelschäler in die Hand und blickte etwas unsicher in den Topf, in dem rote und grüne Paprikaschoten neben Fleischstücken in einer Soße vor sich hin köchelten. „Was ist das?"

„Ungarisches Gulasch. Tor kommt heute Abend zum Essen, da wollte ich etwas Besonderes kochen", erklärte Samantha. Tor Nelson war ihr Freund, mit dem sie schon einige Jahre zusammen war. Er und sein Vater besaßen einen Reitstall für Springpferde in der Nähe von Lexington. Tor war auch der Jockey von Sierra, dem Top-Hindernispferd von Whitebrook.

Cindy hörte ein Klopfen an der Tür. „Ich wette, das ist er schon", sie lief schnell hinaus, um ihm aufzumachen.

„Hallo, Cindy." Der hochgewachsene blondhaarige Tor Nelson lächelte Cindy herzlich an. „Hallo, Sammy", begrüße er Samantha von der Küchentür aus und ging auf sie zu, um sie auf die Wange zu küssen. „Tut mir Leid, dass ich etwas spät dran bin. Ich habe mit Sierra noch ein paar Sprünge gemacht."

„Du bist nicht zu spät, du kommst genau richtig, um den Obstsalat für den Nachtisch zu machen", verkündete Samantha mit einem Grinsen. „Alles was du dazu brauchst, ist im Kühlschrank."

„Kein Problem." Tor warf über Samanthas Schulter hinweg einen anerkennenden Blick auf den Gulaschtopf. Zusammen mit Cindy schnitt er Äpfel, eine Honigmelone und eine Ananas in kleine Stücke und schälte Mandarinen, die sie dann ebenfalls dazu gaben. Das würde wirklich ein toller Obstsalat werden, dachte Cindy.

„So, das Hauptgericht ist fertig." Samantha ging hinüber zum Herd und drehte das Gas unter dem vor sich hinbrutzelnden Gulasch ab. Samantha und Tor servierten die dampfende Schüssel, während Cindy noch schnell die Teller auflegte. Dann nahmen alle am Tisch Platz, um sich hungrig über das Essen herzumachen.

„Das ist wirklich köstlich, Sammy", lobte Cindy als sie das Gulasch probiert hatte.

„Mm", bestätigte Tor und nahm die nächste Gabel. „Da kann ich nur zustimmen."

„Ja, ich glaube auch, das Gulasch ist ganz gut gelungen", sagte Samantha. „Ich bin selbst ein bisschen überrascht."

„Ich nicht." Tor streichelte Samanthas Hand.

„Ich auch nicht. Sammy gelingt einfach alles, was sie anfasst", lobte Cindy. „Schau dir doch nur Shining an." Samantha hatte das misshandelte, halb verhungerte und ängstliche Stutfohlen in ein perfektes Rennpferd verwandelt.

„Wie geht es denn Shining und den anderen Pferden in Belmont?", erkundigte sich Tor.

„Shining geht es gut." Samantha strahlte. „Sie ist einfach fürs Rennen geboren. Aber ich muss jetzt bald eine wichtige Entscheidung treffen – nämlich, ob ich sie für das Distaff oder das Classic melde."

Cindy warf einen kurzen Blick auf Samantha und hoffte insgeheim, dass sie weitersprechen würde. Falls Shining im Classic antrat, würden Shining und Glory nämlich Konkurrenten im selben Rennen sein. Cindy fühlte sich eher unwohl bei dieser Aussicht. Nach Shinings überwältigendem Erfolg beim Whitney-Turnier im August hatte Samantha erstmals diese Überlegungen angestellt. Und seitdem hatte Cindy sich immer wieder gefragt, wie sie sich wohl entscheiden würde.

„Shining hat jetzt Zeit, sich zu erholen. Und bis zum Breeders' Cup ist noch genügend Zeit, um sie wieder in Top-Form zu bringen. Da ist es gleichgültig, in welchem Rennen sie startet", sagte Tor.

„Das hoffe ich auch", erwiderte Samantha. „Ich weiß, ich hätte sie auch schon früher zu weiteren Turnieren schicken können wie zum Beispiel zum Beldame nächsten Samstag. Aber ich finde noch immer, dass es richtig ist, ihr eine Ruhepause zu gönnen." Samantha schaute nachdenklich auf ihren Teller. „Sie muss wirklich in absoluter Top-Form sein, wenn sie im Breeders' Cup antreten soll."

Cindy wusste, dass es eine gute Chance gab, dass Shining im Classic gut abschnitt. Shining war eine der besten jungen Stuten, die es überhaupt gab. Sie hatte die jungen Hengste in zwei der wichtigsten Rennen, dem Suburban und dem Whitney, mit mehreren Längen Vorsprung geschlagen. Die Zeitungen hatten sie mit Ruffian, der besten Jungstute aller Zeiten, verglichen. Und der Sieg im Classic wäre für Shining ein fantastischer Erfolg.

Wahrscheinlich würde Samantha Shining schließlich doch für das Classic-Rennen anmelden, dachte Cindy. Aber ich möchte, dass Glory gewinnt! Sie hoffte, dass er einen Weltrekord oder zumindest einen Bahnrekord aufstellen würde. Cindy wollte, dass Glory seinem Vater Just Victory nacheiferte, einem der schnellsten Pferde, die es jemals gegeben hatte. Just Victory hatte einige Rennen mit fast einer Viertelmeile Vorsprung gewonnen.

„Shining dürfte sich im Breeders' Cup gut schlagen", meinte Tor.

„Ja, das denke ich auch", pflichtete Samantha bei. „Sie hat gestern in Belmont fünf Viertelmeilen in einer Spitzenzeit absolviert."

„Shining ist absolut die Beste", antwortete Cindy schnell. Sie meinte das durchaus aufrichtig, aber sie fühlte sich doch ein wenig schuldbewusst. Sie wollte, dass Glory gewann. Aber das würde bedeuten, dass Shining verlieren musste.

Samantha schaute Cindy intensiv an, schüttelte den Kopf und wechselte dann das Thema. „Ich komme morgen rüber zu dir, um dir mit Sierra zu helfen", bot sie Tor an.

„Danke, ich kann deine Unterstützung gut gebrauchen", erwiderte er.

Cindy aß weiter, aber das köstliche Essen schmeckte ihr auf einmal nicht mehr. Sammy und ich verstehen uns doch so gut, überlegte sie, während sie Samantha und Tor ansah, die sich angeregt darüber unterhielten, wie sie Sierra noch besser in Form bringen konnten. Aber wie würden sie sich fühlen, dachte sie, wenn eines ihrer Pferde im Classic unterlag?

* * * * *

„Möchtest du heute Nachmittag nach der Schule mit mir ausreiten?", fragte Cindy Heather am nächsten Morgen, als sie ihren Schrank in der Henry-Clay-Mittelschule abschloss. Der Gang war voller Kids, die alle zu ihren Klassenräumen liefen, bevor der letzte Gong ertönte. Cindy wusste, dass sie sich eigentlich auch beeilen müsste, aber sie war an diesem Morgen nicht gerade erpicht auf den Unterricht.

Storm war beim morgendlichen Training ausgezeichnet gelaufen. Der Hengst hatte auf das kleinste Zeichen reagiert, egal ob mit den Zügeln oder durch Schenkeldruck. Er schien zu wissen, was sie wollte, noch bevor sie ihm den Befehl gab. Als sie auf dem schnellen, sensiblen Pferd saß, hatte Cindy ihre Freude laut hinausgerufen in den kühlen Herbsttag. Ihre Gedanken waren jetzt völlig mit den Pferden und mit Whitebrook beschäftigt, da war kein Platz für die Schule.

„Natürlich würde ich gern ausreiten, was für eine Frage. Das weißt du doch, oder?" Heather grinste.

„Vielleicht können wir ja auch Mandy noch einladen", fügte Cindy hinzu, während sie und Heather zu ihrem Klassenzimmer liefen. Mandy Jarvis war zwar erst acht Jahre alt, aber eine gute Allrounderin, was das Reiten anging. Cindy und Heather hatten Mandy als Mitglied der Pony Commandos kennen gelernt, einer Gruppe von körperlich behinderten Kindern, die von Tor und Samantha im Reitstall von Tors Vater betreut wurden. Mandy trug zwar noch immer Metallschienen an den Beinen, aber die würden ihr bald abgenommen werden. Weil sie eine so talentierte Reiterin war, gab Tor ihr jetzt Einzelunterricht im Springreiten. Und inzwischen trat sie in Turnieren auch gegen Nichtbehinderte an.

„Das wäre toll, wenn Mandy mitkommt", freute sich Heather. „Ich rufe sie gleich an, wenn ich von der Schule nach Hause komme."

„Aber erstmal müssen wir diesen Vormittag überstehen", stöhnte Cindy. Sie war eine sehr gute Schülerin, hatte durchwegs Einser und freute sich normalerweise auf den Unterricht. Aber es war schon schwierig, das Training, die Ausritte und die Stallarbeit mit der Schule unter einen Hut zu bekommen. Cindy fiel es oft schwer, das Training am frühen Morgen abzubrechen, nur weil es Zeit für die Schule war – und jetzt im Herbst wurden die Nachmittage auch immer kürzer, da es schon früh dunkel wurde. An allen Ecken und Enden fehlte ihr die Zeit für die Pferde. Sie hoffte nur, dass Storm nicht wieder alles vergaß, was sie ihm beigebracht hatte, während sie in Belmont war. Keiner hatte nämlich Zeit, Storms Ausbildung während ihrer Abwesenheit fortzuführen.

Der Morgen verging wie im Flug, obwohl Cindy befürchtet hatte, dass er sich ewig in die Länge ziehen würde. Und als letztes Fach vor der Mittagspause hatten sie noch Physik, Cindys Lieblingsfach.

Cindy ging mit einem Lächeln auf den Labortisch zu, den sie sich mit Max Smith teilte. Max war ein guter Freund von ihr. „Hallo, Max", begrüßte sie ihn.

„Hallo, Cindy, ich habe unser Experiment schon vorbereitet", erwiderte er. Cindy fiel wieder ein, dass sie an diesem Vormittag den Schmelzpunkt von unbekannten Substanzen ermitteln sollten.

„Das sieht ja schon ganz gut aus." Cindy war nicht überrascht, dass Max schnell das komplizierte Arrangement aus Glasbechern, Teströhrchen und Gummischläuchen aufgebaut hatte. Er war ein exzellenter Physikschüler wie sie. Und sie beide träumten davon, eines Tages einmal Tierärzte zu werden. Cindy hoffte nur, dass sie ihren Beruf mit dem Reiten verbinden konnte.

Cindy sah hinab auf das schmale Glasrohr, das die unbekannte Substanz enthielt. Es war an einem Ständer befestigt und hing über einem Bunsenbrenner. „Es fängt schon an zu schmelzen." Sie nahm ihren Notizblock und notierte die Temperatur. „Wir haben es schon geschafft." Cindy lehnte sich auf ihrem Stuhl zurück und ließ den Blick durch das Klassenzimmer wandern. Die übrigen Schüler waren noch damit beschäftigt, die Versuchsanordnung aufzubauen.

Max nahm neben ihr Platz. „Hast du heute Morgen Storm geritten?"

„Ja. Es war toll. Aber morgen ist sozusagen die letzte Unterrichtsstunde, bevor ich nach Belmont fliege."

Max lachte. „Also ich hoffe, du verstehst, wenn ich da kein besonderes Mitgefühl für dich aufbringe."

„Ich weiß, ich weiß." Cindy lächelte. „He, überhaupt, was macht dein neues Pferd?" Dr. Smith, die Mutter von Max, die Whitebrooks Tierärztin war, hatte es sich zusätzlich zu ihrem Job zur Aufgabe gemacht, Rennpferde nach ihrer Rennbahn-Karriere wieder zu normalen Reitpferden umzuerziehen. Und am vorletzten Wochenende hatte sie ein neues Pferd, Run for it, von einer der kleineren Rennbahnen mitgebracht.

„Er gewöhnt sich allmählich ein", berichtete Max. „Das ist ihm zuerst gar nicht leicht gefallen. Wir haben uns schon ziemliche Sorgen gemacht – er stand immer nur herum und ließ den Kopf hängen. Ich glaube, er wusste, dass er auf der Rennbahn ein Versager war. Run for It hat zwar eine hervorragende Abstammung, aber er wollte wohl einfach kein Rennpferd sein. Jedes Mal, wenn er laufen sollte, hat er versucht, das Gebiss loszuwerden und ist ausgeflippt, aber Mom meint, dass er ein gutes Freizeitpferd werden könnte."

„Wie wollt ihr denn erreichen, dass er sich besser fühlt?"

„Mom hat das schon herausgefunden." Max grinste. „Sie hat ihm etwas Gesellschaft verordnet, und zwar eine Ziege. Du solltest die beiden miteinander sehen, zum Schreien. Die Ziege schubst ihn die ganze Zeit herum. Aber es scheint ihm Spaß zu machen."

„Das würde ich mir gern anschauen", seufzte Cindy. „Ich komme auf jeden Fall so bald wie möglich vorbei. Im Augenblick habe ich mit Storm und Glory allerdings alle Hände voll zu tun."

„Ich weiß. Ich werde dich auf dem Laufenden halten, bist du es mal schaffst."

„Danke." Cindy lehnte sich auf ihrem Stuhl zurück und stellte sich die beiden Tiere vor, wie sie nebeneinander standen. Sie wusste, dass Ziegen häufig gute Begleiter für hochgezüchtete Vollblutpferde abgaben. Diese beiden völlig unterschiedlichen Tiere kamen meist gut miteinander aus.

Mr. Fox, Cindys Physiklehrer, kam vom Lehrerpult auf die beiden zu. „Na, welchen Schmelzpunkt habt ihr für eure Flüssigkeit ermittelt?", fragte er.

„Zweiundfünfzig Grad Celcius", antwortete Cindy.

Der Lehrer schaute hinab auf seine Liste und nickte. „Das stimmt ungefähr. So und jetzt lasst mich mal hören, wie ihr das Experiment durchgeführt habt."

„Ich beschreibe den ersten Teil", schlug Max vor.

Es war schön, dass Max auch Pferde zu Hause hatte, dachte Cindy, während sie zuhörte, wie Max dem Lehrer den Aufbau des Experiments beschrieb. So kann er viel besser verstehen, was ich mit Storm vorhabe, und wird nicht immer gleich sauer, wenn ich nicht sofort angerannt komme.

* * * * *

Nach dem Physikunterricht ging Cindy in die Cafeteria, um einen ganz speziellen Tisch für sich und Heather freizuhalten. Von hier aus hatte man einen herrlichen Blick auf den Park mit den wunderschönen alten Bäumen auf der anderen Straßenseite. Und vor allem sah man da manchmal auch einen Reiter vorbeikommen.

„Können wir uns zu euch setzen?", fragte Sharon Rodgers, als Cindy gerade ihre Lunchtüte öffnete.

Cindy schaute hoch und sah, dass Laura Billings und Melissa Souter, zwei andere Mädchen aus ihrer Klasse, hinter Sharon standen. Cindy war ein wenig überrascht, dass ausgerechnet Sharon und ihre Freundinnen bei ihr sitzen wollten. Sie waren Cheerleader und steckten meist mit anderen Mitschülerinnen zusammen. „Sicher, ich denke schon", meinte Cindy. „Ist das okay, Heather?"

Heather, die ebenfalls gerade gekommen war, nickte. „Na klar."

„Was gibt's Neues auf Whitebrook?", erkundigte sich Sharon. Sie klang fast ein wenig neidisch, fand Cindy. Cindy wusste, dass das Gestüt und seine Bewohner, auch sie selbst, oft in der Zeitung erwähnt wurden, weil sowohl Glory als auch Shining bei den Turnieren so gut abschnitten.

„Nicht viel. Ich arbeite gerade mit Storm's Ransom, gewöhne ihn an den Sattel", erzählte Cindy. „Er ist ein dunkelgrauer junger Hengst, den wir auf der Jährlingsauktion in Saratoga gekauft haben. Aileen und Mike, du weißt schon, die Besitzer von Whitebrook, haben mich sozusagen zu seiner Trainerin ernannt, obwohl das offiziell natürlich Mike ist." Cindy hielt inne, sie erkannte, dass sie vielleicht ein klein wenig angab. Aber großes Herumprotzen war eigentlich nicht ihre Sache. Es war einfach nur so aufregend, dass sich Storm mit ihr als Trainerin ganz gut machte.

„Wie schaffst du es nur, dass du von so einem jungen Pferd nicht abgeworfen wirst?", fragte Laura. „Mir fällt es selbst auf älteren Pferden nicht leicht, meine Beine gerade zu halten und den richtigen Schenkeldruck zu geben." Cindy wusste, dass Laura oft bei Melissa trainierte. Die Souters besaßen ein großes Gestüt mit Reitstall in der Nähe von Lexington.

„Ich kann natürlich nicht genau sagen, was du falsch machst, wenn ich dich nicht reiten sehe, aber du solltest einmal überprüfen, ob deine Steigbügel unter dem Fußballen sitzen", antwortete Cindy. „Mir ist das ein paar Mal passiert, als ich anfing Glory zu reiten. Meine Steigbügel rutschten immer wieder nach hinten weg, und dann hatte ich keinen richtigen Sitz im Sattel."

„Ich werde das mal überprüfen", meinte Laura. „Vielen Dank, Cindy."

„Das nächste Mal, wenn ich nicht weiß, was ich mit einem Pferd machen soll, werde ich einfach dich fragen." Melissa lachte.

„Wir sollten wirklich täglich unsere Erfahrungen austauschen, was meinst du?", scherzte Cindy.

„Ja, warum tun wir das eigentlich nicht wirklich?", fragte Sharon. „Wir könnten uns doch ein paar Mal in der Woche zusammensetzen und uns über Pferde wie Glory und Storm's Ransom unterhalten. Viele von uns leben doch auf einem Gestüt oder haben sonst mit Pferden zu tun."

Cindy dachte kurz über Sharons Vorschlag nach. Irgendwie gefiel ihr die Idee, beim Mittagessen über Pferde zu diskutieren. Und wenn sie sich nicht jeden Mittag trafen, hatten sie und Heather ja noch genügend Zeit für sich, um auch einmal allein private Dinge beim Essen besprechen zu können. „Klingt gut, finde ich."

„Ja, ich auch", stimmte Heather zu.

Cindy entdeckte Max an einem Tisch ganz in der Nähe. „Fragen wir doch Max, ob er auch mitmacht", schlug Cindy vor. „Seine Mutter ist Tierärztin und Trainerin. Er weiß viele interessante Sachen über Pferde, denn er hilft ihr sehr viel."

„Aber klar doch", erwiderte Sharon.

„Dann frage ich ihn gleich." Es würde wirklich Spaß machen, freute sich Cindy schon jetzt, in der Mittagspause über Pferde zu reden, während sie sich langsam durch die vollen Tischreihen zu Max vorkämpfte. Und sie hoffte, dass Max der gleichen Meinung war.

Kapitel 3

„Kommt schon, ihr Langweiler!", rief Mandy Jarvis und warf einen ungeduldigen Blick zurück über ihre Schulter. Sie trabte auf Butterball, ihrem lebhaften, caramelbraunen Pony, vor Heather und Cindy den Weg entlang. Die Mädchen waren auf einem Ausritt durch den Wald hinter Whitebrook. Mr. Jarvis hatte Butterball mit dem Pferdeanhänger nach Whitebrook gebracht, damit Mandy mit Cindy und Heather ausreiten konnte. „Ihr beiden sitzt auf Vollblütern, aber ihr könnt ja nicht mal mit Butter Schritt halten!", neckte Mandy sie und zog die Zügel ihres kleinen, unbekümmert vor sich hinstapfenden Ponys etwas an.

Cindy lachte und streckte die Hand aus, um kurz über den seidenweichen kupferfarbenen Hals von Wunders Stolz zu streicheln. Aileen hatte vorgeschlagen, dass Cindy den preisgekrönten Hengst reiten solle, um ihm etwas Bewegung zu gönnen. Er war ein sehr aufgewecktes Pferd mit einem ganz eigenen Kopf, aber er hatte gute Manieren und folgte willig ihren Befehlen, fand sie.

„Ich glaube, ich kann dich mit ein oder zwei Sätzen einholen, wenn ich will, Mandy!", rief Cindy und ließ Stolz ein wenig schneller laufen. „Das könnte jeder Vollblüter schaffen. Aber Stolz ist nicht einfach irgendein Vollblut. Er hat das Breeders' Cup Classic gewonnen und war außerdem Pferd des Jahres."

So sehr Cindy es auch sonst genoss, auf einem Vollblüter mit hohem Tempo dahinzufegen, so hatte sie es jetzt doch nicht eilig und wollte Stolz eigentlich nicht schneller als im Schritt gehen lassen. Sie freute sich einfach, an einem so schönen Tag draußen in der Natur sein zu können. Der Herbst hatte die Blätter der Bäume in allen nur erdenklichen Rot-, Grün- und Gelbtönen gefärbt. Und der Himmel war strahlend blau. Die Oktoberluft war mild, nur hin und wieder wehte ein leichter frischer Herbstwind durch die Landschaft.

„Ich nehm mal an, Stolz muss ganz schön schnell gelaufen sein, um das Breeders' Cup Classic zu gewinnen", stellte Mandy fest, als Cindy und Stolz näher kamen. Mandys Augen glitzerten schalkhaft.

„Ja, er ist sehr schnell gelaufen." Cindy schaute gedankenverloren auf Stolz' glänzende breite Schulter. Ihr war natürlich klar, dass seine sensationelle Vorstellung im Classic einige Jahre vor ihrer Zeit gewesen war, aber sie hatte sich diesen Lauf schon oft auf Video angeschaut. In einem phänomenalen Schlussspurt auf der Zielgeraden hatte er das Pferd der Townsends, Lord Ainsley, in diesem Rennen geschlagen.

Lord Ainsley war das absolute Lieblingspferd von Lavinia Townsend gewesen. Sie hatte es in England erworben. Und Cindy bezweifelte, ob Lavinia jemals Whitebrook diese Niederlage verziehen hatte. Sie verhielt sich auf jeden Fall so, als würde sie ihnen noch immer etwas nachtragen.

„Jetzt läuft er jedenfalls nicht mehr besonders schnell", foppte Mandy sie und grinste.

„Das möchte ich auch gar nicht." Cindy schaute sich um, um zu sehen, wo Heather blieb. Ihre Freundin ritt Bo Jangles, einen zuverlässigen Wallach, den sie für gewöhnlich für die Ausritte auf Whitebrook nahm. Cindy konnte die beiden hinter einer Wegkrümmung sehen.

Butterball stampfte ungeduldig mit einem Vorderhuf auf, als wollte er Mandy deutlich machen, dass er weiterwollte. Seine dunklen intelligenten Augen konnte man wegen der in die Stirn fallende dichte Locke kaum sehen.

„Warum versuchst du dich eigentlich nicht als Jockey, Mandy? Klein genug bist du ja", neckte Cindy sie. „Dann kannst du immer ganz schnell reiten."

„Ich bin doch erst acht Jahre alt, ich wachse ja noch. Und ich warte nur darauf, dass ich endlich aus diesen Teilen herauswachse." Sie deutete auf ihre Metallschienen.

Mandys gegenwärtige Schienen waren weniger massiv, als sie noch vor einem Jahr gewesen waren, als Cindy sie kennen gelernt hatte. Aber Cindy konnte sich noch immer nicht vorstellen, wie Mandy damit auf einem Pferd zurecht kommen sollte, wenn sie in wirklichen Wettkämpfen mitmachte. Cindy hatte das jüngere Mädchen immer um ihren Mut und ihre Ausdauer bewundert. „Ich glaube, du brauchst dir auch nicht allzu viele Gedanken um deine Größe oder dein Gewicht zu machen, du willst ja Springreiterin werden und nicht in Flachrennen antreten."

„Aber trotzdem sollte ich mir allmählich Gedanken machen", erwiderte Mandy. „Mein nächstes Turnier ist in zwei Wochen."

„Und bist du fit?" Cindy war sicher, dass Mandy gut vorbereitet war.

„So einigermaßen." Mandy runzelte die Stirn. „Ich finde natürlich immer, dass ich nicht genug trainiert habe."

„Ja, ja, das kenne ich." Cindy wünschte sich auch immer, noch mehr Zeit für das Training mit Storm zur Verfügung zu haben.

Stolz spitzte die Ohren und schnaubte laut. Durch das dichte bunte Herbstlaub sah Cindy Heather mit Bo um die Ecke biegen.

Heather sah immer so aus, als habe sie ein wenig Angst, auf einem Pferd zu sitzen, überlegte Cindy. Und Bo wusste das genau. Er war natürlich viel zu gut erzogen, um mit Heather einfach auf und davon zu gehen, aber er genoss es auch, ihr hin und wieder einen kleinen Streich zu spielen.

„Er hat schon wieder gefressen", schimpfte Heather, während sie näher kam. „Ich habe immer versucht, seinen Kopf hochzuziehen, aber er macht es mir nicht leicht."

„Sehr gut", lobte Cindy. Die Pferde sollten unterwegs nichts fressen, wenn sie Zaumzeug angelegt hatten, weil es mit dem Gebiss im Maul schwierig war zu kauen. Und trockenes Gras auf dem Zaumzeug machte auch das Reinigen danach ziemlich anstrengend.

„Ich bin aber wohl nicht die Einzige, der ein großes Ereignis bevorsteht", bemerkte Mandy. „Glory startet in drei Wochen im Classic, oder?"

„Falls er im Jockey Club Gold Cup am Samstag gut abschneidet", korrigierte Cindy sie. „Der Gold Cup geht über einunviertel Meilen, und die Konkurrenten sind Klassepferde. Aber wir hatten noch nie Probleme mit Glory. Und wenn er nicht gewinnt, ist das auch nicht so schlimm, es ist ja nicht zu befürchten, dass er sich verletzt und deshalb vom Classic zurückgezogen werden muss."

„Ich weiß, dass er gewinnen wird." Heather war zuversichtlich. Sie betrachtete Stolz bewundernd. „Glaubst du, dass Glory die Zeit von Stolz im Classic schlagen kann?" Ihre Frage schien ernst gemeint zu sein.

„Natürlich", antwortete Cindy schnell. Dann überlegte sie, warum sie sich dessen eigentlich so sicher war. Stolz war damals ein unglaubliches Rennen gelaufen. Cindy hatte fast ein wenig das Gefühl, gegenüber Stolz unfair zu sein, nur weil sie Glory mehr zutraute. Es war das gleiche Gefühl, das sie auch am Vorabend beschlichen hatte, als sie mit Samantha über Shinings Chancen im Breeders' Cup gesprochen hatte. Ich wünsch mir nur so sehr, dass Glory gewinnt, dachte Cindy. Und sie wollte nicht nur, dass er gewann, sondern dass er auch alle bestehenden Rekorde übertraf.

Cindy schüttelte den Kopf und versuchte Klarheit in ihre Gedanken zu bringen. „So, jetzt lasst uns mal ein bisschen im Trab weiterreiten!" Sie übte Schenkeldruck aus, damit der Hengst in eine schnellere Gangart wechselte. Stolz ließ sich nicht zweimal bitten. Sofort ging er in einen flotten Trab über. An der Art, wie er sich bewegte und den Hals wölbte, erkannte Cindy, dass dem Hengst der Ausflug Spaß machte.

„Du freust dich auch, draußen zu sein, nicht wahr?", fragte sie ihn. Stolz legte seine hochaufgerichteten, wohlgeformten Ohren zurück, als höre er ihr aufmerksam zu. Ich bin wirklich ein Glückskind, dachte Cindy. Ich kann es kaum glauben, dass ich jederzeit solche Pferde wie Stolz reiten kann. Die meisten berühmten Jockey der Welt werden niemals die Chance bekommen, dieses tolle Pferd zu reiten. Ich bin wirklich zu beneiden. Und ich sollte aufhören, mir wegen des Breeders' Cup Gedanken zu machen, sondern einfach glücklich sein über das, was ich habe.

Mandy ritt wieder an der Spitze des Trios. Cindy sah, dass das jüngere Mädchen Butterball auf ein niedriges Hindernis in Form einer Hecke zulenkte, die Samantha als Teil eines Übungsparcours aufgestellt hatte.

Cindy zügelte Stolz, und auch Heather hielt Bo an. Mandy ritt mit Butterball einen Kreis, um ihn auf den Sprung vorzubereiten. Das Laub knirschte sanft unter den Hufen des Ponys.

Cindy beugte sich im Sattel vor, die Augen auf Mandy gerichtet. „Ich sehe Mandy immer gern springen", sagte sie zu Heather.

„Ja, sie ist wirklich gut", stimmte Heather zu.

Völlig mühelos segelte Mandy mit Butterball über das Hindernis. Cindy wusste nicht allzu viel über die richtige Springtechnik, aber sie konnte feststellen, dass Mandy perfekt mit ihrem Pferd harmonierte. Und jetzt ritt das kleine Mädchen schon auf das nächste Hindernis zu, einen ziemlich massiven Baumstamm, der etwa fünf Pferdeschritte entfernt lag.

Die Pferde haben alle ziemlich viel Power, überlegte Cindy, aber nicht soviel wie Mandy! „Du kannst das Springen wohl nicht lassen, was?", rief sie ihrer kleinen Freundin zu.

„Nein." Mandy und Butterball flogen buchstäblich über den Baumstamm. Cindy versuchte zu beurteilen, ob Mandy Butterball tatsächlich genau instruiert hatte, wann er abzuspringen hatte, oder ob das Pony seinen eigenen Willen durchgesetzt hatte. Aber sie konnte es nicht entscheiden, die beiden schienen wie aus einem Guss zu sein.

Mandy und Butterball übersprangen noch ein paar Hindernisse, dann lenkte Mandy Butterball zurück zum Weg.

„He, hast du etwa schon genug?", rief Cindy. Sie konnte sich nicht vorstellen, dass Mandy jemals genug bekam vom Springen.

„Nein." Und schon ritt Mandy erneut das erste Hindernis an. Und das Pony übersprang es auch genauso elegant wie beim ersten Mal. Es war gut in Form durch die ständige Übung mit Mandy.

Schließlich ritt Mandy zurück zu Cindy und Heather. Ihr dunkles Haar war vom Wind etwas zerzaust, und sie atmete schwer, aber sie sah glücklich aus. „Ich will in Topform sein für das Turnier", erklärte sie.

„Das bist du schon", versicherte ihr Cindy. „Eines Tages musst du mir beibringen, auch so gut zu springen wie du", fügte sie hinzu.

„Und mir auch", meldete sich Heather etwas leise zu Wort.

Cindy schaute ihre Freundin an. Heather hatte einige Monate lang Springunterricht genommen. Sie machte zwar allmählich Fortschritte, aber für das Springen besaß sie einfach nicht so viel Talent wie Mandy. „Man kann nicht überall die Beste sein. Du bist dafür die beste Künstlerin in unserer Klasse", tröstete Cindy ihre Freundin. „Du kannst ganz toll Pferde zeichnen."

Stolz zerrte an den Zügeln, als wollte er sagen, dass er gern wieder etwas mehr Bewegung hätte. „Ich sollte mit Stolz mal einen kurzen Galopp einlegen", informierte Cindy ihre Freundinnen. „Len sagt, dass er im Stall und auf der Weide ziemlich unruhig war. Der arme Stolz bekommt zur Zeit kaum genügend Auslauf. Und ich weiß, wie sehr er seine Rennen vermisst."

„Ich komme mit", erklärte Heather.

„Ich glaube nicht, dass Butter und ich mithalten können, auch wenn ich das im Scherz gesagt habe." Mandy schaute reuig hinab auf Butterballs kurze stämmige Beine.

„Ich werde Stolz mal eine Meile voll auslaufen lassen", sagte Cindy. „Ich warte dann auf euch da hinten."

„Wir werden dich bald einholen. So langsam ist Butter nun auch wieder nicht." Mandy tätschelte den Hals des Ponys.

Stolz wusste genau, dass er jetzt auf die Galoppstrecke kam. Er ging zunächst brav im Schritt, wie Cindy ihm befahl, aber dann beschleunigte er ein wenig, bis er schließlich in einen schnellen Trab verfiel. Cindy hüpfte auf und nieder in ihrem Sattel, wie es bei dieser Gangart normal war. Sie wusste, dass er am liebsten gleich losgepresche wäre, aber sie war entschlossen, nur einen langsamen Arbeitsgalopp zuzulassen. Sie konnte es nicht riskieren, dass Stolz sich verletzte. Er war sehr wertvoll für die Zucht und erst seit kurzem im Einsatz. Die ersten Fohlen von ihm waren im vergangenen Frühling zur Welt gekommen und tobten jetzt bereits als vielversprechende Jungtiere auf der Koppel herum.

„Ich weiß, dass dir noch eine tolle Karriere als Zuchthengst bevorsteht. Aber du und Aileen, ihr wart bestimmt ziemlich traurig darüber, dass du keine Rennen mehr laufen kannst", murmelte Cindy.

Sie hielt Stolz am Anfang der Galoppstrecke an. Es war ein grasbewachsenes Wiesenstück, das an einige der Koppeln von Whitebrook angrenzte. Die auf dem Gestüt lebenden Rennpferde wurden hier trainiert, um ihre Ausdauer zu steigern.

Cindy wartete, bis Heather sie eingeholt hatte. „Fertig?", fragte sie. Stolz tänzelte zur Seite, schüttelte den Kopf und schnaubte. Cindy hatte alle Hände voll zu tun, ihn ruhig zu halten.

„Auf los geht's los!" Heather nahm die Zügel fest in die Hände und sah konzentriert nach vorn.

„Also los!" Cindy gab dem Hengst den Kopf frei. Und schon sprintete Stolz los und verfiel sofort in einen Galopp. Die Galoppsprünge des großen Pferdes waren gleichmäßig und geschmeidig und zeugten von einem guten Selbstbewusstsein, fand Cindy. Die Landschaft flog nur so an ihnen vorbei. Die weißen Zaunpfosten der angrenzenden Koppel jagten so schnell an ihnen vorüber, dass Cindy sie gar nicht zählen konnte.

Stolz ist wirklich erstaunlich, wunderte sich Cindy. Ein Windstoß fegte durch die Bäume und sorgte dafür, dass Cindy und Stolz mit buntem Laub überschüttet wurden. Cindy lachte vor Vergnügen, während sie sich schüttelte, um das Laub wieder aus den Haaren zu bekommen. Die Blätter in Stolz' rotbrauner Mähne ließ sie stecken, die Blätterfarbe passte hervorragend zu seinem Fell.

Nachdem sie etwa eine Meile im Galopp zurückgelegt hatten, verkürzte Cindy widerstrebend die Zügel und signalisierte Stolz damit, das Tempo zu verlangsamen. Er war viel zu schnell für ein normales Training.

Stolz hob protestierend den Kopf.

"Nichts zu machen, mein Großer", seufzte Cindy. "Das war's für heute. Ich darf dich nicht überanstrengen. Es soll dir ja schließlich nicht so gehen wie damals mit den Townsends." Die Townsends hatten versucht, Stolz in zu viele Rennen zu schicken, und das hatte sich dann bitter gerächt. Der Hengst hatte die Lust am Siegen völlig verloren.

Sie sollten sich bloß zurückhalten, damit nicht Glory das Gleiche passiert, überlegte Cindy. Bislang hatten sie das Pferd in Ruhe gelassen, aber Cindy misstraute ihnen trotzdem. Sie hatte mit den beiden schließlich schon allerlei erlebt.

Cindy schob sich die blonden Haare aus dem Gesicht und schaute zurück, wo Heather blieb. Heather und Bo kamen langsam auf sie zugeritten.

"Das war verdammt schnell!", rief Heather.

"Aber nicht so schnell, wie Glory am Samstag reiten wird." Cindy war zuversichtlich, dass der junge Hengst sie nicht enttäuschen würde. Aber dann verdrängte sie diesen Gedanken erst einmal wieder, um den wunderschönen Ausritt zu genießen. "Glory wird den Jockey Club Gold Cup und dann den Breeders' Cup mit Längen für sich entscheiden. Ich war mir meiner Sache noch nie so sicher."

Kapitel 4

Am frühen Freitagabend wich Cindy im letzten Moment einem seitwärts tänzelnden schwarzen Hengst und dessen Begleiter aus. Sie war auf dem Gelände von Belmont und ging gerade zu den Stallungen, in denen die Pferde des Gestüts Whitebrook untergebracht waren. Es wimmelte von wunderschönen Pferden, aber Cindy hatte kaum Augen für sie. Ihre Gedanken galten allein Glory.

Vor ihr lief Samantha, die genauso begierig war, Shining wieder zu sehen. Cindy war zusammen mit Samantha, Beth und Aileen nach Belmont geflogen. Vor etwas weniger als einer Stunde waren sie aus dem Flugzeug gestiegen. Cindy hatte während des Nachmittagsflugs noch ihre Hausaufgaben gemacht und sehnsüchtig aus dem Fenster gestarrt und auf ein wenig Rückenwind gehofft, um schneller anzukommen. Nach der Landung war sie mit Samantha und Aileen direkt zur Rennbahn gefahren.

Sie hatte Glory seit sechs Wochen nicht mehr gesehen, sorgte sich Cindy. Was, wenn er sie vergessen hatte? Cindy war unruhig, während sie jetzt mit einem Riesensprung einer rostroten Stute ausweichen musste, die wild ihren Kopf hin und her warf und an ihrem Führstrick zerrte. Cindy musste sich zwingen, nicht einfach loszulaufen. Es war zu gefährlich. Sie wollte nicht riskieren, eines dieser nervösen Pferde in Panik zu versetzen. Aber sie wünschte sich inständig, Flügel zu besitzen, während sie ungeduldig wartete, bis drei Pferde vor ihnen den Weg passierten.

Schließlich erreichten sie die Boxenreihe, die wie immer für Whitebrook reserviert war. „Hallo, Len", begrüßte Cindy den Stallmanager, während sie an den Boxen entlangging. Sie würde Len später aufsuchen, um alle Neuigkeiten zu hören, nahm sie sich vor.

„Glory ist in der gleichen Box wie letzten Sommer", sagte Len mit einem verschmitzten Lächeln. Er schien ihre Eile ganz offensichtlich zu verstehen.

„Hallo, Len." Auch Samantha begrüßte den Manager nur kurz und marschierte schnurstracks zu Shinings Box.

„Und ich dachte, ihr Mädels würdet nur meinetwegen kommen", scherzte Len.

Cindy war zu aufgeregt, um jetzt an Späßen Gefallen zu finden. Als sie sich Glorys Box näherte, hörte sie bereits das lebhafte Scharren von Hufen.

„Glory?", rief Cindy laut. Ihre Stimme zitterte vor Furcht und Vorfreude. Das Scharren verstummte.

Cindy schaute in die Box. Der junge graue Hengst stand wie angewachsen mitten in der Box. Aber dann, als könne er kaum glauben, dass er wirklich Cindys Stimme gehört hatte, schüttelte er sich am ganzen Körper und drehte sich trotz der Enge in der Box um, um sie sehen zu können.

„Ja, ich bin es wirklich, mein Süßer." Cindy war überglücklich und vor Rührung stiegen ihr Tränen in die Augen. Sie konnte einfach nicht die Augen von ihm wenden, nahm wieder aufs Neue die elegante Wölbung seines gescheckten Halses wahr und die schlanken Beine. Sie streckte die Hand aus, um die Boxentür zu öffnen, damit sie ihn noch besser betrachten konnte.

Aber noch bevor sie die Tür öffnen konnte, hieb Glory mit den Vorderhufen heftig dagegen. Er stellte sich auf die Hinterhand, hüpfte beinahe aus der Box heraus und wieherte laut.

„Ganz ruhig, ganz ruhig, Glory." Cindy befestigte schnell einen Führstrick am Halfter des jungen Hengstes und führte ihn hinaus in den Gang, bevor er sich verletzen konnte. Und dann gab es kein Halten mehr, sie schlang ihre Arme um seinen Hals. Jetzt, da er endlich nahe an sie herankam, stupste er sie mit seinem Maul an. Er schien sich davon überzeugen zu wollen, dass sie es wirklich war.

„Er war nervös, seit du weggefahren bist", seufzte Len, der jetzt hinter ihnen auftauchte. „Er lief ständig auf und ab und schlief auch nicht so viel wie gewöhnlich."

„Warum hat mir das keiner gesagt?", fragte Cindy. Wenn sie das gewusst hätte, hätte sie schon irgendeine Möglichkeit gefunden, ihre Eltern davon zu überzeugen, dass sie früher zur Rennbahn fahren musste.

„Na ja, es schien weder seine Gesundheit noch sein Training negativ zu beeinflussen, zumindest nicht sehr. Daher wollten wir dich nicht beunruhigen. Nicht wahr, mein Junge?" Len tätschelte die Flanken des Hengstes. „Ich habe ihn jeden Morgen umhergeführt, wenn man ihn nicht ausgeritten hat, aber oft hat er einfach keine Ruhe gegeben."

„Oh, Glory!" Cindy lehnte sich gegen den Körper des jungen Hengstes und schloß die Augen. Sie war so glücklich, wieder bei ihrem Pferd zu sein. Sie liebte Storm, auch Wunders Champion, ja eigentlich alle Pferde auf Whitebrook, aber Glory war einfach das Pferd, das sie am innigsten ins Herz geschlossen hatte. Sie hatten gemeinsam so viel durchgemacht.

Cindy hatte bei der Ausbildung und beim Training von Glory mitgeholfen, sie hatte ihm seine Angst genommen und seine Konzentrationsfähigkeit gesteigert, die vorher praktisch gleich Null gewesen war. Und es war nicht leicht gewesen, ihm sein Misstrauen gegenüber Menschen abzugewöhnen, nachdem er in der Vergangenheit so sehr misshandelt worden war. Glory hatte dann bereits in seinem allerersten Rennen einen Bahnrekord aufgestellt. Aber als Cindy im vergangenen Jahr in Belmont gedacht hatte, dass nichts ihn mehr aufhalten konnte, war er nach seinem ersten wirklich wichtigen Turnier wegen eines positiven Doping-Tests disqualifiziert worden. Die verbotene Spritze hatte ihm ein gegnerischer Trainer verabreichen lassen. Aber Glory war nicht unterzukriegen gewesen. Er hatte danach das Brooklyn Handicap und zuletzt das Travers gewonnen.

Cindy hatte das Gefühl, dass sie und Glory jetzt gerade eine weitere Herausforderung gut überstanden hatten, nämlich ihre erste längere Trennung. Glory schüttelte den Kopf und machte ein paar Schritte seitwärts. Er wirkte noch immer ein wenig rastlos, fand sie. „Wann war er das letzte Mal draußen?", fragte sie.

„Felipe ist mit ihm heute Morgen ein bisschen im Galopp geritten", antwortete Len. Felipe Aragon war jetzt statt Aileen der Jockey von Glory und hatte ihn im Travers zum Sieg geführt. Cindy wusste, dass Felipe ein gutes Verhältnis zu ihrem Hengst hatte. „Glory ist einfach nur ein bisschen aufgeregt, weil er dich wiedersieht", fügte Len hinzu. „Das legt sich schon wieder."

„Ich bringe ihn hinaus und führe ihn ein bisschen um den Ring. Dabei kann er sich ein wenig entspannen." Cindy ließ ihre Hand langsam über Glorys grauen Hals gleiten. Er fühlte sich seidenweich an.

„Du solltest vielleicht erst noch die anderen Pferde begrüßen", meinte Len, lachte fröhlich und streckte die Hand nach dem Führstrick aus.

Cindy wurde bewusst, dass es im Stall auf einmal ziemlich laut geworden war. Sie schaute zu beiden Seiten der Stallgasse in die Boxen, überall streckten die Pferde die Köpfe heraus und wieherten. Ein Chor aus Wiehern und Hufeklappern erfüllte den Stall.

„Okay, alle miteinander! Schön euch wieder zu sehen!" Cindy war völlig aus dem Häuschen. Sie hätte sich keinen besseren Empfang wünschen können. Zuerst lief sie zu Shining in die Box. Glory war zwar ihr absoluter Liebling, aber danach kam gleich Samanthas junge Stute.

Samantha hatte noch den Arm um Shinings Kopf gelegt. „Hallo, mein schönes Mädchen", begrüßte Cindy die junge Stute. Als Pflegerin von Shining gehörte sie zu den Menschen, die das junge Pferd am besten kannten. Sie konnte nicht anders, als Shining erst einmal gebührend zu bewundern. Das dunkelrote Fell der jungen Stute glänzte und war mit kleinen Flecken überzogen, die wie winzige Diamanten wirkten. Shining war nur ungefähr fünfzehn Hand hoch, aber sie hatte eine muskulöse Schulter und eine Hinterhand, die die Kraft und Ausdauer verriet, die das Pferd in den Rennen an den Tag legte.

„Ist sie nicht einfach perfekt?", fragte Samantha Cindy und lächelte.

„Ja, das kann man wohl sagen." Aber welches war das vollkommenste Pferd?, überlegte Cindy. Glory oder Shining? Sie fühlte sich schon wieder hin und hergerissen.

Shining hob mehrmals den eleganten Kopf und schüttelte die dicke schwarze Stirnlocke, als sollte Cindy sie streicheln.

„Du freust dich auch, mich zu sehen, nicht wahr?", murmelte Cindy und fuhr mit der Hand über den weiß-rot gesprenkelten Hals. Drei Wochen zuvor hatte Shining im Rufian Handicap den zweiten Platz belegt. Das war immerhin ein Grad-I-Rennen über eine und eine Sechzehntelmeile gewesen. Der Start war ihr zwar etwas missglückt, aber sonst war sie ein gutes Rennen gelaufen. Zum Schluss hätte sie beinahe noch gewonnen und war nur um eine halbe Länge hinter dem Sieger, einem Blitzstarter, der auf rätselhafte Weise die Führung behaupten konnte, durchs Ziel gegangen. Wegen der großen Anstrengungen in diesem Rennen hatte Samantha dann entschieden, Shining vor dem Breeders' Cup bei keinem weiteren Rennen mehr antreten zu lassen.

Und in welchem der beiden Rennen würde sie nun Shining starten lassen?, fragte sich Cindy. Im Distaff oder im Classic? Nur in letzterem würde Shining Glory direkt Konkurrenz machen. Und auch wenn sich Cindy immer sagte, dass es doch völlig gleichgültig war, ob Glory gewann oder verlor, sie wusste, dass es ihr doch sehr viel bedeutete. Sie wollte mehr als alles andere auf der Welt, dass Glory dieses Turnier gewann.

Glory wieherte schrill am anderen Ende des Stalls, als wollte er sie daran erinnern, dass er auch noch da war. Cindy spürte, dass er nicht dulden würde, weiter vernachlässigt zu werden.

„Ich kann diesen jungen wilden Hengst nicht länger ruhig halten, Cindy", neckte Len. „Er zerlegt uns sonst noch den ganzen Stall."

„Ich komme sofort!" Cindy raste los, um schnell noch Matchless eine Sekunde lang zu streicheln. Der zweijährige Fuchs war im Sommer in einem der wichtigen Grad-II-Rennen in Saratoga gelaufen. Er war zwar nur als Dritter ins Ziel gekommen, hatte aber ein gutes Finish hingelegt. In einer Woche, so hatten es Ian und Mike geplant, würden sie ihn in einem Ausscheidungsrennen in Belmont an den Start schicken.

„Und du kommst als letzter dran, Mr. Wonderful, weil ich mich gleich wieder um Glory kümmern muss", tröstete Cindy den zweiten Sohn von Wunder, als sie schnell zu ihm lief, um auch ihm ein bisschen Aufmerksamkeit zuteil werden zu lassen. Der honigfarbene Fuchs Mr. Wonderful würde am nächsten Tag im Champagne Stakes für Zweijährige antreten. Das Champagne Stakes konnte die erste Zwischenstation sein auf dem Weg zu den Triple-Crown-Turnieren für Dreijährige im Frühling.

„Sammy, Cindy, Liebling!" Ian kam mit einem strahlenden Lächeln auf dem Gesicht die Stallgasse entlang. Aileen und Mike folgten dicht hinter ihm. Und auch Cindys Gesicht war die Freude auf das Wiedersehen anzusehen.

„Dad!", rief Samantha glücklich.

„Ihr beide seht gut aus", stellte Ian fest, nachdem er sowohl Cindy als auch Samantha umarmt hatte. „Ich wünschte nur, ich wäre nicht so häufig weg von zu Hause."

„Das ist schon okay." Cindy übernahm wieder Glorys Führstrick von Len. Sie wusste, dass ihr Vater daran nicht viel ändern konnte. Als Cheftrainer musste er an der Rennbahn sein, wo immer diese auch liegen mochte. Sein Platz war bei den Pferden.

„Ich glaube, ich habe mich schon daran gewöhnt, dass du weg bist, Dad. Aber so wie es jetzt läuft, ist es doch besser als früher", sagte Samantha und strahlte.

Cindy erinnerte sich, was Samantha erzählt hatte. Als sie so alt gewesen war wie Cindy jetzt, waren sie und ihre Mutter von einem Rennplatz zum nächsten gezogen. Samantha hatte alle paar Monate die Schule wechseln müssen, ja, manchmal hatte sie überhaupt nicht zur Schule gehen können. Ein Leben auf der Straße, das hatte sich für Cindy recht romantisch angehört, solange die ganze Familie zusammen war. Aber nach dem Tod von Samanthas Mutter war dieses ständige Herumziehen sehr anstrengend geworden. Schließlich hatte Ian den Job als Cheftrainer auf Whitebrook angenommen, und Samantha hatte endlich so etwas wie ein dauerhaftes Zuhause kennen gelernt.

Glory klopfte ruhelos mit dem Vorderfuss auf den Boden. Es war klar, er war am Ende seiner Geduld. „Ich werde mit Glory rausgehen und ihn umherführen", verkündete Cindy ihrem Vater und Mike.

„Eine gute Idee." Mike nickte. „Er ist gern draußen, und mit dir bleibt er wenigstens ruhig."

Auf dem Weg nach draußen schaute Cindy noch im Stallbüro vorbei und sah sich den monatlichen Trainingsbericht an. Für jedes Pferd gab es einen solchen Trainingsbericht, in dem Tag für Tag genau verzeichnet war, ob das Pferd umhergeführt, ob es galoppiert ist oder ob ein größeres Trainingsprogramm mit ihm absolviert wurde. Auch die verabreichten Medikamente waren festgehalten.

Cindy runzelte die Stirn, als sie die Abkürzungen auf Glorys Bericht las: S für Spazierengehen, G für Galopp und TR für Training. Viel zu viele Galopp- und Trainingseinheiten, dachte Cindy beunruhigt. Glorys Trainingsplan schien wesentlich verschärft worden zu sein – er wurde definitiv viel häufiger auf Schnelligkeit trainiert. Am meisten Sorgen bereitete Cindy die Zahl der Trainingseinheiten. In Saratoga hatte sich nach einem zu anstrengendem Training im letzten Monat in einem seiner Vorderbeine

Hitze entwickelt . Glory war ein bemerkenswert gesundes Pferd, aber auch er konnte sich verletzen.

Glory schnaubte laut und zog am Führstrick. „Was ist denn los, mein Junge?", fragte Cindy und hielt den Strick straffer. Sie hörte laute Stimmen und schaute aus der Bürotür. Brad und Aileen standen vor Glorys leerer Box und diskutierten heftig.

„Brad, ich werde mich nicht noch einmal wiederholen", erklärte Aileen wütend. „Glory wird nach dem Breeders' Cup in diesem Herbst bei keinem weiteren Rennen mehr antreten. Er hat eine lange Saison mit den Vierjährigen-Rennen im nächsten Jahr vor sich, und das weißt du auch. Das heißt, falls er überhaupt noch lebt, wenn ihr ihn weiter in diesem Tempo hetzt!"

„Wir haben ihn bereits vom Woodward zurückgezogen, weil du Angst hattest, ihn dort starten zu lassen", entgegnete Brad. Brad war ein gutaussehender, dunkelhaariger Mann in Aileens Alter, aber er hatte den Mund zu einem wirklich ekelhaften Grinsen verzogen, fand Cindy. Und er klang genauso wütend wie Aileen.

„Warum sollte ich Angst haben, Glory starten zu lassen?", fragte Aileen.

„Ich habe keine Ahnung. Vielleicht weil Princess im vergangenen Frühjahr im Bluegrass zusammengebrochen ist."

Cindy zuckte zusammen, sie erinnerte sich noch zu gut an diesen tragischen Unfall. Townsend Princess, Wunders dreijährige Tochter, hatte sich in diesem Rennen ein Bein gebrochen. Und danach hatte sie Monate voller Schmerzen und Qualen durchmachen müssen, bis das Bein endlich wieder verheilt war.

„Aber Princess hat schwache Knochen, das ist vererbt", fuhr Brad fort. „Glory hat dieses Problem nicht."

„Wie kannst du das einfach von Princess behaupten?", donnerte Aileen los. „Princess hat sich beim ersten Mal das Bein gebrochen, weil deine Frau sie beim Reiten überfordert hat! Der zweite Beinbruch war nur eine Folge des ersten. Lavinia versteht überhaupt nichts von Pferden."

„Komm, mein Junge." Cindy drehte sich schnell um und führte Glory nach draußen. Sie hasste Streitereien. Und vor allem wollte sie es sich selbst nicht antun, die Geschichte mit Princess noch einmal anzuhören.

Plötzlich entdeckte Cindy Lavinia am Stalleingang. Sie hatte wohl teilweise mitbekommen, was zwischen Aileen und Brad gesprochen wurde. Und sie hatte einen merkwürdigen Gesichtsausdruck.

Sie sah aus, als würde sie gleich in Tränen ausbrechen, stellte Cindy überrascht fest. Aber ob es ihr wirklich etwas ausmachte, was damals mit Princess passiert war? Aileen jedenfalls hielt sie für ein eiskaltes Biest. Cindy wollte Aileen gerade warnen, dass Lavinia hier war, aber noch bevor sie den Mund öffnen konnte, war Lavinia wieder aus dem Stall verschwunden. Brad und Aileen, die das mitbekommen hatten, schauten ihr nach.

„Diese Unterhaltung ist nicht gerade sehr produktiv", schimpfte Brad und funkelte Aileen böse an, dann lief er Lavinia hinterher.

Aileen kam zu Cindy und Glory und legte beruhigend eine Hand auf die muskulöse Flanke des großen Hengstes. „Ich habe ihm nur die Wahrheit gesagt." Aileen zuckte mit den Schultern, aber ihrer Stimme war die Aufregung anzumerken.

„Ich weiß", stimmte Cindy zu. Sie wollte nicht, dass Aileen sich schlecht fühlte, nur weil sie Glory verteidigt hatte.

„Brad hat allerdings in einem Recht", meinte Aileen etwas müde. „Ich sollte mich nicht immer mit ihm streiten. Es ändert die Situation sowieso nicht."

„Ich glaube nicht, dass irgendjemand mit ihm gut auskommt", tröstete Cindy sie. „Außer vielleicht Lavinia."

„Mag sein, aber ich muss versuchen, mich nicht aus der Ruhe bringen zu lassen." Aileen sah nicht gerade glücklich aus.

„Wie kann Brad nur so borniert sein zu denken, dass er ein toller Trainer ist?", fragte Cindy. „Er hätte Wunder beinahe ruiniert."

„Er hat Wunder ruiniert, als er sie mit der Peitsche bearbeitet hat", korrigierte Aileen sie. „Aber ich habe geschafft, sie das wieder vergessen zu lassen. Cindy, das ist die Lektion, die wir lernen müssen. Wir müssen mit allen Angriffen auf uns und die Pferde fertig werden."

Wie sie das schaffen sollten, war Cindy allerdings nicht ganz klar. Sie runzelte besorgt die Stirn. Sie hatte eigentlich noch über den strapaziösen Trainingsplan von Glory ansprechen wollen, ließ es dann aber lieber. Sie war überzeugt, dass das alles auf Brads Mist gewachsen war. Und wenn Aileen daran etwas hätte ändern können, hätte sie es sicher getan.

„Ich werde nochmal zum Rennbüro rübergehen", erklärte Aileen. „Sammy und ich müssen dort noch irgendwelchen Papierkram erledigen."

„Okay." Cindy schaute zu Glory. „Jetzt zu uns beiden. Ich werde mich jetzt durch nichts mehr aufhalten lassen. Ab nach draußen." Sie lobte das Pferd. „Du warst bisher brav und geduldig." Glory folgte ihr begierig in den Hof und zu dem schönsten, grünsten Stück Wiese, das Cindy finden konnte.

Während Cindy zusah, wie der junge Hengst das Gras abknabberte, überlegte sie, was für Unterlagen Aileen und Samantha wohl auszufüllen hatten und ob das etwas mit Samanthas Entscheidung zu tun hatte, Shining im Classic antreten zu lassen.

Vielleicht war es ja auch gar nicht wichtig, ob Shining ebenfalls dort startete, überlegte Cindy. Sie war davon überzeugt, dass Glory das Rennen auch dann gewinnen würde. Aber warum fühlte sie sich dann noch unwohl?

Glory zerrte am Führstrick und zog Cindy hinter sich her zu einem saftigeren Stück Wiese. „Okay, okay, dieser Platz gefällt dir wohl besser", sagte sie und lachte leise. „Tut mir Leid, Glory, aber ich bin kein großer Gras-Experte."

Glory machte sich ans Fressen, riss schnell ganze Grasbüschel hintereinander ab. „Wir haben Zeit, mein Schatz", beruhigte Cindy ihn. „Alle Zeit der Welt." Sie seufzte zufrieden und warf den Kopf zurück, um den geliebten Geruch von Stall, Hafer und Heu einzuatmen.

Es wurde allmählich dunkel, ein tiefes Purpurrot überzog den Himmel. Überall auf dem Gelände waren jetzt vor den Boxenreihen die Lampen angegangen, ein angenehmes gelbes Licht verbreitete sich. Cindy hörte von überall her die Rufe der Stallburschen und Trainer, die ihre Ausrüstungsgegenstände umhertrugen oder letzte Anweisungen gaben.

In der Nähe von Cindy und Glory hielten sich noch einige andere Pfleger auf, die ihre Pferde zum Grasen herausgebracht hatten. Einige der Pferde waren mit bunten Decken gegen die Kälte geschützt. Cindy wusste, dass Glory keine Decke brauchte, er fror fast nie.

In der einfallenden Dämmerung schimmerten die Decken in gedämpftem Waldgrün, Maronenbraun und Dunkelblau. Glorys Fell wirkte im nächtlichen Licht bläulich, fast silbrig. Cindy lächelte und wünschte, Heather wäre hier, um diese kleine stimmungsvolle Szene mit den wunderschönen Pferden in einer Zeichnung einzufangen.

Glory nahm sich Zeit beim Grasen. Und wie Cindy schien er keinerlei Eile zu haben, wieder in seine Box zurückzukehren.

Plötzlich spitzte der junge Hengst die Ohren und hob den Kopf. Cindy sah in die gleiche Richtung und erstarrte. Sie sah Joe Gallagher auf sich zukommen.

Cindy hatte nicht die geringste Lust, mit diesem Trainer zu sprechen. Der alte Mann mit seinem etwas vorgebeugten Gang und den grauen Haaren sah zwar nicht bedrohlich aus, aber Cindy wusste, dass der Schein trügen konnte. Im Sommer hatte Joe Gallagher mit an Sicherheit grenzender Wahrscheinlichkeit den Assistenten eines Tierarztes und einen Pferdepfleger dazu gebracht, Glory während des Turniers in Belmont illegale Medikamente zu verabreichen. Daraufhin war Glory gesperrt worden. Und nachdem Glory so geschickt aus dem Weg geräumt worden war, waren natürlich die Chancen von Flightful, Joes bestem Pferd, bei dem Rennen in Belmont, deutlich gestiegen. Aber nachdem Cindy und Max Joes üble Machenschaften aufgedeckt hatten, hatte man Glory doch starten lassen, und er hatte Flightful im Brooklyn Handicap geschlagen.

Cindy wusste, dass wegen Joes allgemein gutem Ruf viele Besitzer, Trainer und Rennbahnverantwortliche nur schwer glauben konnten, dass er in solch kriminelle Dinge verwickelt gewesen wäre. Aber Cindy war überzeugt, dass er dabei mitgemischt hatte. Sie konnte zwar einigermaßen verstehen, wie wichtig es für Joe war, dass Flightful gewann, aber das rechtfertigte keine ungesetzlichen Handlungen.

„Komm schon, Glory, sei ganz ruhig." Cindy zog leicht an Glorys Führstrick und zog ihn hinter sich her zu einer anderen Stelle. Nur zögernd folgte ihr Glory, doch dann widmete er sich wieder dem Gras.

Und dann sah Cindy erleichtert, dass Len aus der für Whitebrook reservierten Boxenreihe auftauchte. Er musste die kleine Szene mitbekommen haben.

Len schnitt Joe den Weg ab, noch bevor er Cindy erreicht hatte. Der Trainer und der Stallmanager unterhielten sich. „Worüber reden die nur?", flüsterte Cindy zu Glory. „Ich glaube nicht, dass irgendjemand von Whitebrook etwas mit Joe Gallagher zu tun haben möchte."

Glory graste zufrieden weiter, ohne sich darum zu kümmern, was um ihn herum vorging. So als wollte er sagen: Warum sollte ich mich von meiner köstlichen Abendmahlzeit abbringen lassen?

Joe verschwand schließlich in der Boxenreihe, wo seine Pferde untergebracht waren, und Cindy seufzte erleichtert auf. Das nächste Mal würde sie sich eine etwas weiter entfernte Stelle zum Grasen für Glory suchen, um Joe aus dem Weg zu gehen. Len kam zu ihr herüber.

„Wie konntest du nur überhaupt mit ihm reden?", fragte Cindy.

„Naja, es ist besser, mit ihm zu sprechen, um herauszufinden, was er vorhat, als nichts zu wissen", erwiderte Len.

„Ist Joe also immer noch hinter Glory her?" Aber wenn das so wäre, sagte sich Cindy, würde er es ihnen bestimmt nicht auf die Nase binden.

„Ich glaube nicht." Len sah nachdenklich aus. „Joe hat mir erzählt, dass er sich nach diesem Jahr aus dem Renngeschäft zurückziehen will. Er meinte, er werde alt und sei auch nicht mehr besonders gesund."

„Ich werde mich freuen, wenn er nicht mehr da ist."

Len zögerte. „Joe hat sich auch für den Ärger entschuldigt, den er uns im vergangenen Sommer bereitet hat."

„Jetzt ist es ein Leichtes, sich zu entschuldigen." Cindy glaubte nicht, dass Joe es aufrichtig meinte.

„Ich werde ihn trotzdem genau im Auge behalten", versprach Len. „Aber ich glaube, das wäre fürs Erste ausgestanden. Bringst du Glory jetzt rein, damit wir ihn füttern können?"

Im Stall trafen sie Aileen, die gerade die übrigen Pferde mit ihrer Abendration an Getreide, Vitaminen und Mineralien versorgt hatte. Cindy brachte Glory in seine Box und ging in die Futterkammer, um in einem Eimer die Getreideration für ihren Liebling abzumessen. Als sie ihm die Mischung in seinen Trog füllte, machte er sich sofort darüber her und fing genüsslich zu kauen an.

„Morgen wird Glory also im Gold Cup starten und in drei Wochen dann im Classic", verkündete Aileen draußen. „Vielleicht bilde ich mir das nur ein, aber irgendwie finde ich, dass er viel glücklicher aussieht, Cindy, seit du hier bist."

Cindy lächelte. „Danke für das Kompliment, aber ich glaube, er freut sich wirklich." Cindy wusste, dass zumindest sie glücklich war, seit sie und Glory wieder zusammen waren. „Glaubst du, dass Glory morgen gewinnen wird?", fragte sie.

„Na ja, er tritt gegen harte Konkurrenz an, aber darunter ist niemand, mit dem er nicht fertig werden könnte", erklärte Aileen. „Flightful wird es Glory sicher nicht leicht machen und ihm einen erbitterten Kampf liefern, das hatten wir ja schon ein paar Mal. Aber das sind alles Mutmaßungen, man weiß nie, wie ein Rennen wirklich läuft. Uff, ich glaube, ich muss mich jetzt irgendwo hinsetzen, um meine Beine hochzulegen. Seit ich schwanger bin, werde ich so leicht müde."

„Weißt du schon, ob es ein Mädchen oder ein Junge wird?", fragte Cindy, während Aileen sich vorsichtig auf einem Heuballen niederließ.

„Nein. Mein Arzt weiß es zwar mit ziemlicher Sicherheit nach den Ultraschallaufnahmen, aber ich habe ihn gebeten, es mir nicht zu verraten. Aber wenn ich meiner Intuition vertraue, dann glaube ich, dass es ein Mädchen wird." Aileen lächelte.

„Ein Mädchen wäre schön", meinte Cindy. Aber egal ob es ein Junge oder ein Mädchen wurde, sie war überzeugt, dass ein Baby, das Aileen und Mike als Eltern hatte, schon vor seinem ersten Geburtstag auf einem Pferd sitzen würde.

„Jedenfalls hat Glory den Gold Cup noch nicht in der Tasche. Mehr interessiert mich allerdings, wie er im Breeders' Cup abschneiden wird." Aileen blickte etwas nachdenklich vor sich hin. „Ich bin gespannt, ob Glorys Lauf im Classic ein richtiger Kampf werden wird, wie es damals bei Stolz war. Er musste über die gesamte Strecke kämpfen, Kopf an Kopf. Und Wunder ist in ihrem Classic-Rennen gegen Townsend Prince, ihren Halbbruder, angetreten, aber alle Unsicherheiten waren nach den ersten Sekunden verflogen. Wunder lief damals ein perfektes Rennen."

„Was meinst du, wen wird Glory im Classic schlagen müssen?", fragte Cindy. Sie hoffte, dass Aileen ihr sagen würde, wie Samantha wegen Shining entschieden hatte.

„Bislang ist das Feld ganz beachtlich. Ich mache mir nicht allzu viele Sorgen wegen der aus Europa gemeldeten Pferde. Die sind eher auf Rasen gefährlich. Aber Treasure's Prospect, der dreijährige Champion aus Florida, wird wohl mit ziemlicher Sicherheit antreten, ebenso Chance Remark, der dieses Jahr in Belmont gewonnen hat. Und dann gibt es da immer noch Flightful. Er hat die Konkurrenz an der Westküste in diesem Sommer ganz schön das Fürchten gelehrt."

Cindy ließ sich diese Worte einen Augenblick lang durch den Kopf gehen. Glory würde im übertragenen Sinne zwei Rennen laufen, eines gegen Flightful und den Rest des Feldes und ein zweites gegen Wunder, Stolz und all die anderen Champions aus dem Gestüt Whitebrook, die vor ihm das berühmteste Turnier der Welt bereits gewonnen hatten. Und Cindy wünschte sich inbrünstig, dass er all diese Champions schlagen würde.

„Und vielleicht geht ja auch Shining im Classic an den Start", fügte Aileen leise hinzu.

„Hat Samantha noch immer keine Entscheidung getroffen?" Cindy spürte, wie ein Gefühl der Bedrohung in ihr aufstieg.

„Nein, habt ihr denn noch nicht darüber gesprochen? Shining ist für beide Rennen gemeldet, sowohl für das Classic als auch das Distaff. Aber ich habe das Gefühl, dass Samantha eher dazu neigt, ihn im Classic starten zu lassen."

„Sammy hat mir gar nichts davon erzählt. Wann muss sie sich denn entscheiden?", fragte Cindy.

„Erst eine Woche vor dem Turnier. Sie hat also noch zwei Wochen Zeit zum Überlegen."

Cindy beugte sich über Glorys Boxentür. Der junge Hengst verspeiste noch immer vergnügt sein Abendbrot und spitzte gelegentlich die Ohren, um mitzubekommen, was draußen auf dem Gang vor sich ging. Ich wünsche mir nur, dass Shining nicht im Classic antritt, dachte Cindy. Egal wer gewinnt, einer wird sich hinterher sicher ganz elend fühlen.

Kapitel 5

„Was meinst du, wie wird Kelly Morgan mit Mr. Wonderful zurechtkommen?", fragte Cindy Aileen. Beide standen neben Beth auf der Haupttribüne. Kelly, die junge Jockey-Frau, war gerade mit Mr. Wonderful auf die Bahn geritten, zusammen mit den übrigen Pferden, die am Grad-I-Champagne-Stakes teilnehmen würden. Ian, Mike, Aileen und Samantha musterten das Feld durch ihre Feldstecher.

„Kelly kommt mit ihm bestens klar", erwiderte Aileen. „Ich weiß, du hältst das vielleicht für unmöglich nach ihren katastrophalen Erfahrungen mit Glory im vergangenen Sommer. Aber Mr. Wonderful ist ein völlig anderes Pferd."

Das stimmt, dachte Cindy. Kelly war nicht imstande gewesen, Glory unter Kontrolle zu halten oder seine Aufmerksamkeit auf die Bahn zu lenken. Und so hatte Glory das Jim Dandy verloren, wodurch auch beinahe die Chance zunichte gemacht worden war, ihn im Breeders' Cup antreten zu lassen. Cindy war froh, dass Felipe Aragon Glory an diesem Nachmittag im Gold Cup reiten würde. Er war ein sensibler, aber auch hart durchgreifender Jockey, und er hatte ein viel besseres Verhältnis zu Glory.

Mr. Wonderfuls Verhalten stand im krassen Gegensatz zu dem der meisten anderen Zweijährigen im Turnier, überlegte Cindy. Splendiferous, ein gescheckter Grauer wie Glory, wieherte schrill, sprang über die Bahn und scheute vor dem Begleitreiter. Sein Jockey zog ihn in einen Kreis, damit der Begleitreiter wieder das Zaumzeug zu fassen bekam. Und weil alle Pferde in diesem Rennen gerade mal zwei Jahre alt waren, wusste Cindy, dass man mit einem gewissen Durcheinander rechnen musste.

Mr. Wonderful ließ sich in Uhrzeigerrichtung ruhig über die Bahn führen. Nur gelegentlich blieb er stehen, um einen Blick hinter sich zu werfen. Der angenehm milde Herbsttag und die Sonnenstrahlen ließen sein kastanienbraunes Fell und seine dichte Mähne beinahe golden wirken.

„Er ist das schönste Pferd da unten", stellte Beth fest.

„Ja, das stimmt", sagte Samantha. „Alle Nachkommen von Wunder sind sehr schön, aber er ist ein echtes Showpferd. Und er könnte nicht besser in Form sein." Sie schaute hinüber zu Aileen. „Findest du nicht auch?"

„Ich hoffe nur, dass Mr. Wonderful das Rennen auch durchsteht", erwiderte Aileen nachdenklich.

„Warum?" Cindy war verwirrt. Sie hatte überhaupt nicht mitbekommen, dass Aileen mit irgendwelchen Problemen rechnete.

„Oh, ganz einfach. Brad und ich haben uns auch endlos über das Training von Mr. Wonderful gestritten, als wir ihn noch in Kentucky hatten." Aileen schüttelte entnervt den Kopf.

„Zumindest warst du da, um ihn im Auge zu behalten", warf Mike ein.

„Ja", bestätigte Aileen. „Und sieht er nicht wirklich prächtig aus?"

Cindy musste ihr uneingeschränkt beipflichten. Sie war sicher, dass Mr. Wonderful ein tolles Rennen laufen würde. Schließlich war Aileen die meiste Zeit des Herbstes auf Whitebrook geblieben, so dass sie das Training von Mr. Wonderful genau überwachen konnte. Und ihre harte Arbeit hatte sich ausgezahlt – Mr. Wonderful hatte bereits im September ein Ausscheidungsrennen in Turfway Park gewonnen. Erst in der Vorwoche war er mit dem Transporter nach Belmont gekommen.

„Das ist Mr. Wonderfuls letztes Rennen in diesem Jahr." Aileen beugte sich leicht vor, während sie mit dem Fernglas das Feld studierte. „Ich möchte ihn eher langsam aufbauen. Technisch gesehen ist er natürlich ein Zweijähriger, aber er wurde erst im Mai geboren, ist also für einen Zweijährigen noch relativ jung." Cindy wusste, dass alle Vollblüter ihren Geburtstag am ersten Januar feierten, selbst wenn sie an einem ganz anderen Tag zur Welt gekommen waren.

„Ich wette, das passt Brad gar nicht in den Kram", bemerkte Samantha.

„Nein, überhaupt nicht – er will Mr. Wonderful bereits in diesem Winter ganz groß rausbringen." Aileen runzelte die Stirn. „Brad hat vielleicht Recht, dass ich zu vorsichtig bin, was sein Training angeht. Seine ständigen Hinweise, dass es eine von Wunder vererbte Krankheitsanfälligkeit geben soll, haben mich schon ein bisschen genervt. Ich habe wirklich Angst um Mr. Wonderful, nach all dem, was mit Wunder, Stolz und Princess passiert ist."

Cindy wusste nicht, was sie darauf sagen sollte. Sie hatte keine Ahnung, wie Aileen Brads Einmischung in das Training unterbinden konnte.

Die Pferde näherten sich jetzt den Startboxen. Cindy konnte von ihrer Position aus gut erkennen, dass einige der Zweijährigen beim Anblick der großen Metallboxen scheuten. Too Much Chatter, ein eher kleiner Brauner, der als erster seine Startposition einnehmen sollte, blieb wie angewurzelt vor der Box stehen und grub die Hufe in den Boden. Einige Helfer versuchten, ihn am Zaumzeug vorwärts zu ziehen, doch das ließ das Pferd nicht mit sich machen. Es stieg auf die Hinterhand, und die Helfer stoben nach rechts und links davon. Der Jockey vergrub seine Hände in die Mähne von Too Much Chatter und konnte sich nur mit Mühe im Sattel halten.

„Wenn das Pferd nicht in einer Minute in der Box ist, wette ich, dass es auf die Startbox-Liste gesetzt wird."

„Was bedeutet das?", fragte Cindy. Glory benahm sich immer so perfekt, dass sie gar nicht wusste, was mit Pferden passierte, die nicht gehorchten.

„Bevor ein Pferd zu einem Rennen zugelassen wird, muss es den Rennbahnverantwortlichen beweisen, dass es aus der Box starten kann", erklärte Ian. „Sonst wäre die Situation zu gefährlich. Das Pferd könnte hochsteigen und seinen Jockey erdrücken oder es könnte die anderen Pferde beim Start behindern."

„Und wenn sich ein Pferd so aufführt wie jetzt, darf es erst dann wieder zu einem Rennen antreten, wenn es der Rennleitung demonstriert hat, dass es sich in der Startbox benehmen kann", fuhr Samantha fort.

Too Much Chatter machte jetzt plötzlich einen Satz nach vorn in die Startbox. Er schien gespürt zu haben, dass man ihn sonst aus dem Rennen nehmen würde. Vielleicht hatte aber auch sein Jockey ihn wieder beruhigen können, dachte Cindy. Sie empfand so etwas wie Stolz, als Mr. Wonderful ganz ruhig und ohne Aufhebens seinen Platz in der vierten Box einnahm. Bei ihm lief alles fast immer perfekt ab, sowohl Ausritte als auch Training.

Nachdem das letzte Pferd seine Position eingenommen hatte, herrschte einen Augenblick lang Stille an der Rennbahn. Dann sprangen nach dem schrillen Startsignal die Tore auf. Das Feld explodierte förmlich unter dem Donner der Hufe, dem aufwirbelnden Staub und dem Lärm der Zuschauer.

Mr. Wonderful ging das Rennen scharf an. Binnen kürzester Zeit hatte Kelly ihn in eine gute Position direkt an der Bande gebracht. Nur zwei Pferde, Splendiferous und Bright of Morning, ein hellgrauer Schimmel, lagen vor ihm.

„Eine perfekte Position!" Aileen rutschte auf ihrem Sitz nach vorn. Cindy wusste, wie viel dieses Rennen für sie bedeutete. Falls Mr. Wonderful gewann, wäre er auf dem besten Weg, im Kentucky Derby antreten zu dürfen.

Die Pferde behielten ihre Positionen auch auf der Gegengeraden bei. Doch dann begann Mr. Wonderful zu Bright of Morning aufzuschließen. Der junge Schimmel kämpfte verzweifelt um seine Position, doch mit nur wenigen Galoppsprüngen war Mr. Wonderful an ihm vorbeigezogen. Die Pferde gingen mit hämmernden Hufen durch den Schlussbogen und kamen wieder auf die Gerade.

„Und jetzt ist es nicht mehr weit bis zum Ziel!", rief der Sprecher. „Splendiferous führt noch immer, Mr. Wonderful liegt zwei Längen zurück. Und weitere vier Längen dahinter gibt Bright of Morning alles, um Anschluss zu halten ..."

Cindy starrte wie gebannt hinaus auf die Bahn. Kelly duckte sich tief hinunter und knetete Mr. Wonderfuls Hals, um ihn anzuspornen. Aber Mr. Wonderful reagierte nicht! Der Fuchs versuchte zwar, seine Position zu halten, Splendiferous gelang es jedoch, seine Führung auf drei Längen auszubauen. Und schon tauchte Too Much Chatter dicht hinter Mr. Wonderfuls Flanke auf. Die Pferde passierten in rasantem Tempo den achten Pfosten.

„Los, Mr. Wonderful, auf zum Angriff!", rief Cindy aufgeregt. „Es bleibt nicht mehr viel Zeit."

„Kelly will, dass Mr. Wonderful schneller wird, aber ich glaube, er hat's nicht drauf." Samantha raufte sich die Haare.

„Oh, doch, er packt es!", schrie Aileen. „Schaut doch!"

Cindy wollte ihren Augen kaum trauen. Mr. Wonderful hatte sein Tempo gesteigert und legte kräftig zu. Genau in diesem Augenblick kam die Sonne hinter einer Wolke hervor und tauchte die Rennbahn in ein klares, gelbes Licht, in dem Mr. Wonderfuls Fell herrlich golden schimmerte. Er verkürzte rasant den Abstand zu Splendiferous. Jetzt lag er noch eine ganze Körperlänge hinter ihm, dann nur noch eine Halslänge. Sekunden später war nur noch eine Nasenspitze Distanz zwischen den beiden, und die Ziellinie tauchte direkt vor ihnen auf.

Cindy war aufgesprungen, wie auch die meisten anderen Zuschauer. „Lauf, Junge, lauf!", kreischte sie. „Greif an – ich weiß, dass du das kannst!"

Und als habe er sie gehört, gruben sich Mr. Wonderfuls Hufe noch tiefer in den Boden, er machte einen riesigen Satz vorwärts. Die beiden jungen Hengste überquerten die Zielline – und Mr. Wonderful war mit dem Kopf voran!

„Mr. Wonderful gewinnt das Rennen mit einer Halslänge Vorsprung", verkündete der Ansager über den Lautsprecher. „Das war äußerst knapp."

„Ich kann es kaum glauben." Aileens haselnußbraune Augen strahlten vor Freude. „Ich glaube, wir haben gerade den neuen Anwärter von Whitebrook für das nächste Derby gesehen, meint ihr nicht auch?"

Sie hatten das schönste Pferd auf der ganzen Welt gesehen – nach Glory natürlich –, dachte Cindy und strahlte über das ganze Gesicht, während sie Aileen zum Siegerkreis folgte. Und sie wusste auch, dass sie niemals vergessen würde, wie gut Mr. Wonderful in diesem Rennen ausgesehen hatte.

* * * * *

„Hier lang, mein Guter." Len legte beruhigend eine Hand auf Glorys Schulter, als er zusammen mit Cindy den großen Hengst um den Führring führte, während Felipe Aragon bereits im Sattel saß. In einer halben Stunde würde der Jockey Club Gold Cup gestartet werden.

Cindy schaute hinaus in die Menschenmenge, Hunderte von aufgeregten Gesichtern umringten den Sattelplatz. Es war völlig normal, dass interessierte Zuschauer sich vor einem Rennen die Pferde anschauen wollten. Fast wie bei einer Pferdeschau.

Und es war ja auch eine Pferdeschau, dachte Cindy stolz, und zwar mit den schnellsten Vollblütern der Welt!

„Schau mal, da ist March to Glory!", rief ein junges Mädchen. „Er sieht noch viel toller aus als im Fernsehen."

„Das finde ich auch", antwortete eine hochgewachsene blonde Frau.

Cindy wusste, dass sie Recht hatten. Der kraftvolle Graue tänzelte ein wenig herum und führte seinen schlanken muskulösen Körper vor, doch der Jockey hatte ihn gut unter Kontrolle. Und Glory konnte sich wirklich sehen lassen. Von seinem glänzenden gescheckten Hals bis hin zu seinem schwarz-grauen Schweif bot er das perfekte Bild eines Vollbluthengstes, was Kraft und Schönheit anbetraf.

Beim Verlassen des Führrings trafen Felipe und Glory auf Ian. „Es gibt ein paar interessante Konkurrenten in diesem Rennen", instruierte Ian Felipe, „aber es ist keiner dabei, mit dem Glory nicht fertig werden könnte." Dann gab er ihm noch einen Rat mit auf den Weg: „Ich würde mich mit ihm sofort an die Spitze setzen und zusehen, dass ich vorne bleibe. Was immer du tust, versuche auf jeden Fall, nicht in der Menge zu bleiben. Flightful, Unbridled Energy und Beyond Price laufen ebenfalls gern von Anfang an vorneweg, das heißt, du musst dir die Spitzenposition gleich zu Beginn erobern."

Glory schnaubte laut und betrachtete interessiert die Pferde, die schon zu dem Tunnel geführt wurden, der zur Bahn führte. „Du willst auch gern mitgehen, nicht wahr?", flüsterte Cindy dem Pferd liebevoll zu. Der hochgewachsene junge Hengst sah mit seinem silbrigen Fell im dunstigen Nachmittagslicht wunderschön aus. „Der Himmel hat jetzt genau die Farbe deines Fells", flüsterte sie dem Pferd zu. „Genauso wie die Sonne die Farbe von Mr. Wonderfuls Fell hatte. Ich glaube, das ist ein gutes Zeichen."

„Zeichen hin oder her, Glory hat sehr viel Selbstvertrauen, wir packen das Rennen", erklärte Felipe. Der drahtige, dunkelhaarige Jockey beugte sich vor, um Glorys Hals zu tätscheln. „Also, Sorgen muss ich mir wohl nur darum machen, wie die anderen das Rennen angehen." Er lachte herzhaft.

Cindy blickte hoch und sah Flightful mit Joe Gallagher direkt hinter Glory auftauchen. Das stämmige schwarze Pferd mit seinem Ramskopf und dem dicken Hals würde wohl nie einen Schönheitswettbewerb gewinnen, dachte Cindy. Aber seine unter dem Fell sich deutlich abzeichnenden Muskeln und der energische Gang widersprachen dem ersten flüchtigen Eindruck. Er würde im Gold Cup ein ernsthafter Konkurrent für Glory sein, erkannte Cindy.

„Bis später dann, Glory", verabschiedete sie sich leise von ihrem Pferd. „Ich wünschte, ich könnte selbst mit dir auf die Bahn reiten. Aber irgendwie bin ich dennoch bei dir, ich werde dir ganz fest die Daumen drücken."

Glory warf den Kopf nach hinten, als wollte er ihr für die Unterstützung danken. Dann blieb der große Hengst plötzlich ganz still stehen und berührte mit dem Maul Cindys Hände. Und für einen kurzen Augenblick hatte Cindy das Gefühl, als ob Glory den Lärm der anderen Pferde, der Jockeys, die Rufe der Trainer, der Eigentümer und Besucher kaum noch registrierte, während er tief Luft holte und Cindys Duft einsog. Dann hob er das Maul und schaute wieder zur Rennbahn.

„In Ordnung, es wird Zeit zu gehen", verabschiedete sich Cindy. „Viel Glück, Felipe!"

„Vielen Dank." Felipe berührte mit der Reitgerte seine Kappe, dann wendete er Glory in Richtung Rennbahn.

Cindy lief zur Tribüne, sie wollte nicht eine Minute der nun folgenden Parade versäumen. Sie würde Glorys Siegchancen schon danach einschätzen können, wie seine Stimmung auf der Bahn war, wusste sie.

„Cindy! Hier hoch!" Samantha winkte ihr von ihren Sitzen auf der Haupttribüne zu.

Cindy stieg schnell die Treppe hoch und nahm zwischen Samantha und Aileen Platz. Cindy genoss es immer, deren Meinung zu den laufenden Rennen zu hören, vor allem heute, da es um Glory ging.

„Der Gold Cup ist in diesem Jahr wirklich gut besetzt", stellte Samantha fest. „Da sind natürlich die Favoriten Glory und Flightful, aber es können auch noch einige andere mitmischen, die das Rennen von hinten her aufrollen."

„Flightful hat in diesem Sommer an allen Rennbahnen in Kalifornien hervorragend abgeschnitten", meldete sich Ian zu Wort,

„man kann fast schon damit rechnen, dass er im Classic starten wird."

„Ich bin noch am Überlegen, ob ich Shining auch dort antreten lassen soll", sagte Samantha leise.

Ian nickte. „Du kennst sie am besten. Ich überlasse dir allein die Entscheidung, ob sie dort läuft oder nicht."

Cindy schnappte nach Luft. Sie wünschte nur, dass Samantha sich endlich entschied, so oder so. Diese ewige Ungewissheit machte sie noch verrückt. Cindy konzentrierte sich wieder auf die Bahn.

„Warum wird Glory mit einem Pony zum Start gebracht?", fragte sie überrascht. Sie wusste zwar, dass viele Rennpferde ruhiger waren, wenn sie von einem anderen Pferd begleitet wurden. Aber Glory hatte das nie gebraucht.

Aileen zuckte die Schultern. „Ich habe nicht um einen Begleitreiter gebeten. Ich vermute, das ist wieder eine von Brads Ideen. Aber ich glaube nicht, dass sich das irgendwie nachträglich auswirkt."

In diesem Moment scheute Glory vor dem Pony. Einen Augenblick lang befürchtete Cindy schon, der junge Hengst könnte in Unbridled Energy, der nur wenige Schritte neben ihm trabte, hineinlaufen oder gar auf der Bahn außer Kontrolle geraten.

Das war wieder einmal eine Schnapsidee von Brad gewesen, die böse ausgehen könnte, dachte Cindy verärgert. Ihr ganzer Körper war auf einmal angespannt.

Felipe straffte die Zügel und schien Glory ein paar beruhigende Worte zuzuflüstern. Und nach ein paar Schritten hatte er den Hengst wieder unter Kontrolle, er lief brav hinter dem Pony her.

Glory ließ sich ohne Problem nach Flightful, dem Pferd in Box Nummer eins, in die Startbox bringen. Glory hatte die Nummer zwei gezogen.

„So, jetzt kann's losgehen", freute sich Beth, als auch das letzte Pferd in seiner Box war. Sie drückte fest die Hand von Cindy.

Bitte, du musst unbedingt gewinnen, Glory!, flehte Cindy im Stillen. Und sie hoffte zutiefst, dass der junge Hengst einen neuen Bahnrekord aufstellen würde.

„Der Start ist erfolgt", hörten sie den Sprecher durch den Lautsprecher verkünden. Beim Startsignal waren Glory und Flightful losgesprintet und hatten sich vor allen anderen Pferden an die Spitze gesetzt. Die Erdklumpen flogen hoch, während sie mit aller Kraft um die Führung kämpften. Auf der ersten Viertelmeile waren die beiden Pferde so dicht nebeneinander, dass Cindy nicht sagen konnte, welches vorne lag. „Wollen die sich etwa ein Schnelligkeitsduell liefern?", fragte sie ihren Vater besorgt. Wenn Glory und Flightful das Rennen zu rasant angingen, konnten sich beide viel zu schnell verausgaben.

„Ich weiß nicht, aber wenn sie das versuchen, wird Flightful das Duell sicher verlieren." Ian schaute angespannt durch sein Fernglas. „Flightful hat zwar an der Westküste prima Ergebnisse erzielt, aber ich glaube nicht, dass er Glory ebenbürtig ist, wenn es um die Geschwindigkeit geht."

Und als ob er Ians Worte gehört hätte, schien Glory plötzlich sein Tempo noch einmal zu erhöhen. Der große Graue lag um eine Nasenlänge vor Flightful, als sie über die Gegengerade donnerten.

„Glory macht das wirklich herrlich", freute sich Aileen.

Cindy nickte, aber sie sah ein neues Problem auftauchen. Unbridled Energy und Beyond Price holten jetzt an der Innenseite gefährlich auf. Flightful musste ein wenig weiter nach außen gehen, um ihnen Platz zu lassen, erkannte Cindy. Aber es sah nicht so aus, als wollte er sie vorbeiziehen lassen.

Das sieht gar nicht gut aus, dachte Cindy ängstlich. Und schon kam Beyond Price der Bande ziemlich nahe, zog weiter und prallte gegen Unbridled Energy. Und wie bei Dominosteinen wurde diese Bewegung weitergegeben, während die Pferde weiter über die Bahn rasten.

Flightful berührte Glory! Glory stolperte und hätte fast Felipe aus dem Sattel geschleudert. Cindy wusste, wie gefährlich es werden konnte, wenn Glory aus dem Gleichgewicht geriet. Wenn er in seinem Rhythmus gestört wurde, bedeutete das eine ungeheure Belastung für die Beine.

Felipe schaffte es, sich im Sattel zu halten. Er hatte es wahrscheinlich kommen sehen und sich auf den Zusammenprall vorbereitet, erkannte Cindy. Unbridled Energy und Beyond Price prallten erneut gegeneinander. Beyond Price ging zu Boden und warf seinen Jockey ab.

„Nein, das ist ja schrecklich!", rief Cindy. Und einen Augenblick später wurde alles noch viel schlimmer. Beyond Price lief jetzt ohne Jockey wild über die Bahn und unmittelbar vor Glory. Glory musste ihm also ausweichen, er schaffte das auch ganz geschickt und lief weiter, ohne seinen Rhythmus ändern zu müssen. Aber Flightful war durch die Kollision am wenigsten behindert worden und hatte inzwischen bereits vier Längen Vorsprung!

Die Pferde erreichten den Schlussbogen. Glory versuchte, wieder Boden gut zu machen, aber das schwarze Pferd war enorm schnell. Ich weiß nicht, ob Glory diesen Rückstand noch aufholen kann, seufzte Cindy. Sie war so fertig, dass sie fast in Tränen ausbrach vor Wut und Enttäuschung über Glorys Pech. Sie stellte fest, das Glory und Flightful so schnell liefen, dass sie sogar noch vor dem dahinrasenden reiterlosen Pferd lagen. Das war erstaunlich, denn das andere Pferd hatte schließlich kein Gewicht zu tragen.

„Gott sei Dank ist Glory wenigstens nicht aus dem Rennen geworfen worden", beruhigte Beth alle. „Und auch dem Jockey scheint nichts passiert zu sein, er steht schon wieder auf."

„Das nenne ich ein Verkehrsproblem", scherzte Mike.

„Glaubst du, die anderen Jockeys haben Glory voller Absicht angerempelt, um ihn zu behindern?", fragte Cindy mit belegter Stimme. „Flightful ..."

„Nein, das glaube ich nicht!", erwiderte Aileen. „Ein Pferd zu blockieren ist eine Sache, aber eines zu rammen, ist eine ganz andere. Das ist zu gefährlich. Ein solches Risiko geht kein Jockey ein, denn er könnte dabei sein eigenes Pferd schlimm verletzen."

Cindy ballte die Hände zu Fäusten und betete, dass Glorys Beinen nichts zugestoßen war bei dem Zusammenprall. Doch zu ihrer Erleichterung wirkten seine Bewegungen weiterhin kräftig und gleichmäßig. Aber sie bezweifelte, dass er Flightful noch einholen konnte. Der schwarze Hengst machte seine Sache äußerst gut, und er schien genug Energie zu haben, um sich an der Spitze zu halten.

Plötzlich legte Glory die Ohren eng an den Kopf. Cindy sprang auf, das Herz klopfte ihr bis zum Hals. „Er läuft jetzt wie Just Victory!", schrie sie.

„Was?" Mike schaute sie verwirrt an. Aber Samantha nickte. Sie hatte verstanden und starrte genauso gebannt wie Cindy auf die Bahn.

Cindy war sicher, dass Glory genau wusste, dass er jetzt ein Rennen laufen musste wie Just Victory, sein berühmter Vorfahre, es gelaufen hatte. Ein Rennen, dessen Ausgang durch Mut und pure Willenskraft entschieden werden würde. Glory ähnelte Just Victory im Auftreten, in seinem phänomenalen Tempo und seiner Beherztheit.

Der prächtige Graue begann seine Aufholjagd. „March to Glory ist noch nicht geschlagen, er setzt zu einem formidablen Schlussspurt an!", rief der Ansager.

„Felipe kann noch was aus ihm rausholen!", feuerte Mike das Pferd an. Glory war nicht mehr weit vom Pferd an der Spitze entfernt, als es in die Zielgerade ging.

„March to Glory hat den besseren Rhythmus gefunden. Er rückt immer weiter auf ..."

„Ja, Glory!", schrie Cindy. „Ja, komm ... lauf ..."

„Keiner kann ihn mehr aufhalten!" Samantha strahlte übers ganze Gesicht. Glory ging über die Ziellinie und erhöhte noch einmal das Tempo.

„Und March to Glory gewinnt das Rennen mit einer Länge Vorsprung nach einem schwierigen Zwischenfall", verkündete der Kommentator.

„Er hat wahre Klasse gezeigt", sagte Aileen überzeugt.

„Ja, das hat er." Cindy strahlte. Sie konnte kaum glauben, was für ein fantastisches Rennen Glory hingelegt hatte. Sie drehte sich um, um die Tribüne zu verlassen, aber es waren so viele Leute vor ihnen, dass sie nicht vorwärts kam. Sie wollte nur noch eines, zum Siegerkreis laufen und Glory sagen, wie toll er gewesen war.

„Ich glaube, es steht wohl außer Frage, wo wir Glory als nächstes antreten lassen werden." Ian lächelte Cindy an.

Cindy holte tief Luft. „Im Breeders' Cup natürlich", erwiderte sie und strahlte ihn vergnügt an.

Kapitel 6

„Keine Angst, Kleiner", beruhigte Cindy drei Tage später Wunders Champion, als sie ihn zum ersten Mal von seiner Mutter Wunder wegbrachte. Len war schon vor Cindy nach Whitebrook zurückgekehrt, aber sie hatte ihn gebeten, mit dem Absetzen des Hengstfohlens zu warten, bis sie da war. Denn Cindy hatte das Gefühl, dass das Entwöhnen etwas war, was sie selbst tun sollte. Samantha, Aileen und Mike waren mit ihr gemeinsam nach Hause zurückgekehrt. Natürlich waren sie allesamt sehr erfahrene Pferdeexperten, aber Wunders Champion war immer einer von Cindys Lieblingen gewesen.

Der dunkle Fuchs folgte ihr leichtfüßig über die Koppel. Cindy hatte ihn seit den ersten Kindesbeinen um diese Koppel geführt. Doch sie hatte nicht erwartet, dass es so leicht sein würde, ihn von seiner Mutter wegzuholen. Aber wahrscheinlich hatte er noch nicht richtig begriffen, was hier vor sich ging.

„Ich verspreche dir, dass alles gut wird", sprach Cindy auf ihn ein, während sie das Gatter hinter sich schloss. Sie hoffte, dass der vertraute Klang ihrer Stimme das Fohlen in dieser schwierigen Situation beruhigte. „Wir kennen uns schon so lange – seit du geboren wurdest, nicht wahr?", redete sie weiter auf ihn ein. „Ich würde nie etwas tun, was dir weh tut, das weißt du doch?"

Doch plötzlich schien Wunders Champion ihr nicht mehr zu trauen. Er buckelte, stampfte mit allen Vieren wild auf dem Boden auf und wieherte durchdringend nach seiner Mutter.

„Ich weiß, mein Kleiner, das ist schwer." Len stellte sich auf die andere Seite des Fohlens und befestigte einen weiteren Führstrick an seinem Kopf, um ihn vorwärts ziehen zu können. „Aber das muss nun mal sein."

Cindy war froh über Lens Hilfe. Wunders Champion war zwar noch klein, aber nur im Vergleich zu ausgewachsenen Pferden. Er war ein stämmiges, muskulöses Hengstfohlen, das noch dazu einen ganz eigenen Willen besaß, und er war das letzte der in diesem Jahr geborenen Fohlen, das noch entwöhnt werden musste. Da er erst im Mai geboren war, hatte Aileen ihm soviel Zeit wie möglich mit seiner Mutter gönnen wollen. Aber jetzt, da der Winter nahte, war es Zeit, der Mutter Wunder etwas Ruhe zu gönnen und Wunders Champion endlich auf eigene Beine zu stellen.

Das junge Pferd verstand natürlich nicht, warum es seine Mutter verlassen sollte. Es war herzzerreißend, als es wieder wie in Todesangst losswieherte und am ganzen Körper zu zittern begann. Weil sie sich so gut mit dem jungen Fohlen verstand, hatte Cindy eigentlich gehofft, dass ihre Gegenwart ihm das Abnabeln von seiner Mutter erleichtern würde. Aber gerade jetzt schien gar nichts zu helfen. Immerhin hatten sie sich schon aus der unmittelbaren Umgebung von Wunder entfernt.

Wunder ihrerseits rannte hektisch auf der Koppel umher, auf die Vic Teleski, einer der festangestellten Pferdepfleger auf Whitebrook, sie gebracht hatte. Auch Wunder wieherte laut vor sich hin. „Sie ist genauso aufgeregt wie er", stellte Cindy fest. Sie wusste, dass auch ihre eigene Stimme bebte. Es tat ihr weh, die Stute so aufgelöst zu sehen.

Len nickte. „Obwohl sie schon drei Fohlen hatte, ist es doch immer wieder hart für sie."

Mit viel Gezerre gelang es Cindy und Len schließlich, Wunders Champion auf die hintere Koppel zu bugsieren. Cindy öffnete schnell das Gatter und führte das Hengstfohlen hinein.

Die sechs anderen jungen Pferde auf der Koppel waren schon vor Wochen abgesetzt worden, sie grasten in aller Ruhe. „Schau mal, hier hast du eine Menge Gesellschaft", tröstete Cindy Wunders Champion.

Doch der junge Hengst blieb stocksteif stehen und starrte die anderen Tiere an.

„Ich glaube, er kann nicht verstehen, warum sie nicht genauso aufgeregt sind wie er", sagte Cindy zu Len.

„Das wird er bald begreifen, keine Angst", versicherte Len.

Cindy ging zu Wunders Champion. Der junge Hengst schaute sie vorwurfsvoll an und wieherte dann leise und unglücklich.

„Schon gut", beruhigte ihn Cindy und streckte die Hand aus, um seinen Hals zu streicheln. Zum ersten Mal in seinem Leben wich er vor ihr zurück. Sein kleiner kompakter Körper war starr vor Angst, und seine Ohren waren gespitzt, um einen Laut von seiner Mutter zu erhaschen.

„Ich weiß, mein Junge, das ist schwer für dich", redete Cindy leise auf ihn ein. „Aber bald wirst du dich hier ganz zu Hause fühlen."

Der kleine Hengst ignorierte sie einfach. Er stand wie erstarrt da und lauschte. Cindy wusste, dass er erwartete, seine Mutter irgendwo wiehern zu hören.

„Schau, du bist hier nicht allein", fuhr Cindy fort. „Ich bin auch hier, und ich bin immer für dich da."

Wunders Champion schaute sie aus verschreckten Augen an. Mit einem letzten matten Wiehern machte er einen Schritt auf Cindy zu.

Cindy war überrascht. Sie hatte noch nie erlebt, dass sich ein junges Pferd sofort nach dem Absetzen von einem Menschen hatte trösten lassen. Aus ihrer bisherigen Erfahrung wusste sie, dass ein Pferd mindestens zwei bis drei Stunden brauchte, um den Schock der Entwöhnung zu verwinden, bevor es bereit war, den Kontakt zu anderen Tieren oder Menschen aufzunehmen.

Die anderen Jungpferde auf der Koppel waren noch immer mit dem Grasen beschäftigt und ignorierten Wunders Champion völlig. Vielleicht geht er auf mich zu und nicht auf die anderen Tiere, weil er allein entwöhnt wurde, überlegte Cindy. Aber es war dennoch erstaunlich, er behandelte sie fast so, als sei sie ein Pferd.

Der junge Hengst berührte mit dem Maul ihre Hände. Cindy hob langsam eine Hand, um ihn zu streicheln. Dieses Mal ließ das Hengstfohlen es zu. Cindy ließ ihre Hand über den dunkelbraunen Hals wandern und umarmte das Pferd schließlich. „Ich glaube, jetzt bist du okay, was meinst du?", murmelte sie.

Wunders Champion schaute Cindy lange an. Seine großen Augen schienen sie etwas fragen zu wollen.

„Ja, ich weiß", antwortete sie. „Du und ich, wir beide werden immer eine ganz besondere Beziehung zueinander haben."

„Du kannst wirklich sehr geschickt mit Pferden umgehen." Len schüttelte bewundernd den Kopf. „Das weiß ich seit dem allerersten Tag, als ich dich mit den beiden verwaisten Fohlen Regenbogen und Kleeblatt gesehen habe."

Cindy blieb noch eine Weile bei Wunders Champion, bis der junge Hengst sich soweit entspannt hatte, dass er zu grasen begann. Ein paar der anderen jungen Pferde auf der Koppel kamen schließlich neugierig näher und beschnupperten den Neuzugang. Limitless Time, ein schmächtiges braunes Fohlen und Sohn von Aileens Wirbelwind, einer Stute, die früher große Rennen gelaufen war, hüpfte ein paar Schritte weg und schaute dann zurück. Er schien Wunders Champion zu fragen, ob er nicht mit ihm spielen wolle.

„Los, verschwinde schon", drängte Cindy den kleinen Hengst. Wunders Champion zögerte noch, doch dann trottete er dem anderen jungen Hengst hinterher. Cindy öffnete das Gatter und schloss es schnell wieder hinter sich. Als sie einen letzten Blick zurück auf die Koppel warf, schien Wunders Champion sie schon fast vergessen zu haben.

„So ist's gut", rief sie und lächelte. „Viel Spaß mit deinem neuen Freund."

Wunders Champion wandte sich dem anderen Hengst zu. Als Cindy sich auf dem Weg zum Stall noch einmal umdrehte, sah sie die beiden Hengstfohlen vergnügt um die Koppel toben.

Das wäre also geschafft, sagte sich Cindy, er würde sich sicher gut eingewöhnen. Sie ging in den Stall, um Storm für sein reguläres Training zu holen. Samantha hatte Cindy zwar an diesem Tag in der Schule abgeholt, damit sie mehr Zeit hatte, um sich um Wunders Champion zu kümmern, aber jetzt im Herbst wurde es schnell dunkel. Und Cindy wusste, dass sie sich beeilen musste, sonst würde überhaupt keine Zeit mehr bleiben für Storm.

Im Stall hatte Len bereits den dunklen Grauen am Querbalken angebunden und bürstete ihn. Cindy musste lächeln, als sie sah, wie entspannt Storm wirkte. Der Hengst stand auf drei Beinen, hatte die Augen halb geschlossen und ließ den Kopf hängen. Als er sie entdeckte, öffnete er die Augen ganz weit und spitzte die Ohren, als wollte er sagen, dass es Zeit wurde, dass endlich etwas passierte.

„Ich wollte ihn gerade fertig machen für dich", sagte Len.

„Oh, das ist lieb von dir, Len." Cindy war ihm wirklich dankbar. Denn ohne Lens Hilfe hätte sie noch weniger Zeit gehabt, um mit dem jungen Hengst zu trainieren. „Wo ist denn Storms Satteldecke?", fragte Cindy und schaute sich suchend in dem sauberen geräumigen Stall um. Sie hatte Storms Sattel, das Zaumzeug und die Satteldecke direkt nach der Schule über seine Boxentür gehängt.

„Beim Waschen", erwiderte Len.

„Dann muss ich mir von jemand Anderem eine ausleihen." Cindy ging hinüber in den Raum mit dem Zaumzeug. Sie würde sich etwas von Glorys Sachen ausleihen, überlegte sie. Normalerweise benutzte sie nie die Bürsten oder das Zaumzeug eines anderen Pferdes, um das Risiko einer Übertragung von Hautkrankheiten zu vermeiden. Aber Glorys Satteldecke war seit Monaten nicht mehr verwendet worden.

In dem nur schwach erhellten Raum hingen ganze Reihen von polierten Sätteln nebeneinander auf Wandhaken. Der Platz für Glory, ausgewiesen durch ein messingfarbenes Metallschild, war leer bis auf eine alte Satteldecke.

Irrwisch saß darauf. „Sorry, mein Lieber, aber von hier musst du jetzt leider verschwinden", erklärte Cindy.

Und als würde der Kater ihre Worte verstehen, dehnte und streckte er sich und sprang dann zu Boden. Cindy nahm die Satteldecke herunter. Sie war an manchen Stellen etwas zerschlissen, so dass sie wohl für Turniere nicht mehr gut genug war. Alle neuen Satteldecken fehlten hier natürlich.

Cindy hob die Satteldecke an die Wange, die Decke roch sogar noch ein wenig nach Glory, fand sie. Sie versuchte das Gefühl von Einsamkeit zu verdrängen, das sie plötzlich beschlich. Nach dem Breeders' Cup würde Glory ja den gesamten Winter zu Hause verbringen, ermahnte sie sich. Sie würde ganz viel Zeit mit ihrem Liebling verbringen können. Ian, Mike und Aileen waren entschlossen, Glory bis zum Frühling eine Ruhepause zu gönnen, selbst wenn er das Classic gewann. Geistesabwesend presste Cindy die Satteldecke fester an die Wange und erinnerte sich an die Ausritte mit Glory an Weihnachten des vergangenen Jahres, als sie mit ihm durch die verschneite Winterlandschaft gestreift war.

Plötzlich hörte sie Storm laut schnauben und wurde dadurch aus ihren Träumen gerissen. Sie lief zurück in die Stallgasse, wo der Hengst auf sie wartete.

„Tut mir Leid, mein Bester", entschuldigte sie sich. „Jetzt geht es gleich los."

Cindy bemerkte, dass Irrwisch ihr gefolgt war. „Du bist wohl neugierig, was ich mit Glorys Satteldecke vorhabe, was?", fragte sie die Katze.

Irrwisch pirschte um ihre Beine, während Cindy die Satteldecke auf Storms Rücken legte und sich dann umdrehte, um den Sattel zu holen.

Mit einem gewaltigen Satz sprang Irrwisch jetzt hoch auf das Pferd und auf die Decke. Er schaffte es nicht ganz nach oben, doch er krallte sich an dem Tuch fest und krabbelte dann hoch. Storm scheute, als er plötzlich die Katze auf sich spürte und streckte alle Beine steif weit von sich. Er drehte den Kopf und versuchte zu erkennen, was sich da auf seinem Rücken tat.

Cindy ging schnell auf den Hengst zu, um ihn vom Querbalken loszubinden, wenn er unruhig werden sollte. Er konnte sich nämlich Kopf oder Hals am Balken verletzen, wenn er in Panik geriet.

Doch scheinbar ungestört von dem nicht gerade freundlichen Empfang spazierte Irrwisch auf Storms Rücken auf und ab und schnurrte. Die Ohren des jungen Hengstes legten sich wieder entspannt zurück, er schien die Katze zu akzeptieren.

„So, Irrwisch, hast du dich jetzt überzeugt, dass Storm in Ordnung ist?", fragte Cindy und lachte. „Jetzt hat jeder von euch einen neuen Freund in Grau."

Sie setzte den Kater zu Boden, um Storm zu satteln. Das junge Pferd stand ganz still und ließ sie gewähren, als sei das Satteln bereits etwas ganz Normales, stellte Cindy zufrieden fest.

„Ich komme mit euch nach draußen", sagte Len, als er aus dem Stallbüro auf sie zukam. Cindy hatte sowieso erwartet, dass Len sie begleiten würde. Er tat das immer. Storm war zwar sanft und umgänglich, aber Cindy wusste, dass das Verhalten von jungen Pferden immer unvorhersehbar war. Daher trainierte sie nie mit ihm allein.

Als sie Storm in den Jährlingsring führte, stieg Cindy der Geruch von verbranntem Holz aus dem Kamin von Aileens und Mikes Haus in die Nase. Es war ein kalter und trüber Tag, und ein leichter Regenfilm bildete sich bald auf Storms dunkelgrauen Fell. Cindy machte das Wetter nichts aus, solange Storm nicht auf aufgeweichtem Boden ausrutschte. Und sie überlegte, ob sie solche nassgrauen Tage vielleicht inzwischen viel lieber mochte, weil sie zwei graue Pferde hatte.

Im Ring saß Cindy mit Hilfe von Len auf. Wie üblich absolvierte sie zuerst das Aufwärmtraining, indem sie Storm im Schritt gehen und im Trab laufen ließ. Der Regen wurde etwas heftiger, so dass das feuchte Fell des Hengstes jetzt beinahe schwarz wirkte. Cindy schob sich eine nasse Haarlocke aus dem Gesicht und blickte zu Len, weil sie von ihm weitere Instruktionen erwartete.

„Lass uns heute mal den Rechtsgalopp üben." Sie wusste, dass die meisten Pferde, auch Storm, eigentlich „Linkshänder" waren, das heißt, sie bevorzugten es, beim Galoppieren mit dem linken Vorderbein zu führen. Aber Rennpferde mussten beide Seiten gleichermaßen beherrschen. Vor allem auf den Geraden konnte ein Pferd noch etwas Geschwindigkeit herausholen, wenn es mehrmals einen Galoppwechsel vollzog und so die Beine abwechselnd entlastete.

„Sei vorsichtig, Cindy", sagte Len. „Heute ist es hier draußen ziemlich rutschig."

„Ich weiß, aber vielleicht ist das gerade gut für Storm. Er muss ja lernen, auch mit weichem Geläuf zurechtzukommen." Cindys Haar war schon völlig durchnässt, kleine Wasserbäche liefen ihr über das Gesicht. Sie wischte sich über die Augen und konzentrierte sich auf die Übung mit Storm. Sie erinnerte sich, dass zwei von Glorys erfolgreichen Rennen auf ziemlich tiefen Bahnen gelaufen waren. Was Glory zu einem Superpferd machte, war unter anderem auch seine Fähigkeit, mit jedem Boden zurechtzukommen und auch unter widrigen Umständen zu gewinnen. Cindy hatte ihren Teil dazu beigetragen, indem sie ihn auch bei schlechtem Wetter trainiert hatte und auch über aufgeweichte Wege mit ihm ausgeritten war. Und sie war entschlossen, das Gleiche für Storm zu tun.

Der Hengst galoppierte gehorsam auf der rechten Hand, als Cindy seinen Kopf nach außen richtete und ihn durch ein Schnalzen antrieb. Aber Cindy stellte sehr schnell fest, dass Storm auf dem rechten Fuß nicht annähernd so gut lief wie auf dem linken. Seine Galoppsprünge waren unruhig und unausgeglichen, und er schien ständig wieder auf die linke Hand wechseln zu wollen. Dann sprang Storm in einen Kreuzgalopp um, eine für den Reiter schwierige Gangart, bei der sich das Pferd mit den Vorderbeinen auf der einen und mit den Hinterbeinen auf der anderen Seite bewegt.

Cindy zog den Kopf des Pferdes nach außen und versuchte Storm dazu zu bewegen, den Kreuzgalopp aufzugeben. Doch dann spürte sie, wie der junge Hengst völlig aus dem Gleichgewicht kam.

Er stürzt! Verzweifelt versuchte Cindy ihr Gewicht nach links zu verlagern, in die entgegengesetzte Richtung, und zog die Zügel noch etwas straffer, um Storm doch noch vor dem Sturz zu bewahren. Eine Sekunde lang stellte sie sich vor, wie der junge Hengst mit vollem Gewicht auf ihr Bein krachen würde, wenn sie gemeinsam zu Boden gingen.

Mit unglaublicher Anstrengung versuchte Storm, sein Gleichgewicht wiederzuerlangen. Er schaffte es schließlich und galoppierte weiter. Sein Gang war unruhig, aber immerhin kein Kreuzgalopp mehr. Cindy spürte, wie verspannt er war vor Angst. Und auch sie zitterte am ganzen Körper und parierte den Hengst zum Schritt durch.

„Lass uns für heute aufhören!", rief Len. „Das war ziemlich hart an der Kippe." Cindy hörte die Besorgnis in seiner Stimme.

„Nur noch eine Runde im Rechtsgalopp." Cindy holte tief Luft und beugte sich vor, um Storms nassen Hals zu streicheln. „Wir müssen es schaffen, dass du auch den Rechtsgalopp perfekt beherrschst für den Spurt auf der Geraden", erklärte sie dem jungen Hengst. „Und ich glaube, du wirst dabei besonders schnell sein."

Kapitel 7

Es war toll, die Verantwortung für ein ganzes Gestüt zu haben, dachte Cindy glücklich, als sie am darauffolgenden Samstag den Weg zum Stutenstall entlanghüpfte. Es war ein kühler Tag, die Luft roch frisch und süß nach dem Regenschauer vom Vormittag. Am vorherigen Abend war Beth aus Belmont eingetroffen, und zusammen mit Samantha, Aileen und Mike waren alle zum Brunch nach Oakridge Meadows gefahren, ein großes Gestüt, das ganz in der Nähe lag. Len und Vic reparierten den Zaun auf der hinteren Koppel, und Cindy kümmerte sich um die Pferde.

Cindy genoss ihre neuen Pflichten, aber sie wusste auch, dass sie sehr vorsichtig sein musste. Sie hatte bereits kurz nach den Hengsten geschaut. Stolz graste auf der hinteren Koppel und schien ganz zufrieden zu sein. Die anderen Zuchthengste, Jazzman, Maxwell, Blues King und Sadler's Station, standen in ihren großen Boxen. Die Hengste wurden nacheinander von ihren Boxen zur Koppel gebracht, da man sie allein grasen lassen musste.

Cindy betrat den großen dämmrigen Stutenstall. Alle Stuten und Stutfohlen mit Ausnahme von Townsend Princess waren draußen auf der Koppel. Seit Princess sich das Bein gebrochen hatte, war es Aileen vorbehalten, das Pferd sicher auf die Koppel zu bringen.

Princess hob ihren wunderschön geformten Kopf über die Boxentür und nickte auf und ab, sie verlangte sofortige Aufmerksamkeit.

„Ich komme schon, meine Süße", tröstete Cindy sie. Wie immer tat ihr das Herz in der Seele weh, wenn sie die verletzte junge Stute sah. Cindy näherte sich ihr langsam und vorsichtig, um sie nicht zu erschrecken. Das gebrochene Bein war gut verheilt, aber es würde immer ein Schwachpunkt bleiben. Und jeder falsche Schritt konnte zu einem neuen Bruch führen.

Princess schien das zu wissen. Sie stand ganz ruhig und sah aus wie die Statue eines vollkommenen Vollblüters. Und das war sie auch, abgesehen von ihrem gebrochenen Bein, dachte Cindy traurig.

„Es tut mir Leid, mein Mädchen", tröstete sie die junge Stute und rieb dem Pferd sanft über die Stirn. „Wenn es etwas gäbe, was ich tun könnte, um alles ungeschehen zu machen, würde ich es sofort tun." Princess wieherte sanft, als wollte sie sagen, dass sie schon zufrieden sei, wenn Cindy sie überhaupt besuchte.

„Wie geht's denn dem Pferd?"

Cindy zwang sich, nicht erschreckt zur Seite zu hüpfen, als sie Lavinia Townsends laute Stimme hinter sich hörte. Princess begann unruhig von einem Bein auf das andere zu steigen.

„Einigermaßen." Cindy entfernte sich schnell ein paar Schritte von der Box von Princess. Ihr Herz hämmerte wild in der Brust. Sie betete, dass Lavinia nicht zu Princess ging. Sie würde sie durcheinanderbringen.

„Wo ist Mr. Wonderful?", fragte Brad, der hinter seiner Frau auf sie zu kam.

„Draußen auf der Koppel", antwortete Cindy höflich. Mr. Wonderful war vor einigen Tagen aus Belmont zurückgekommen, und bis auf einen leichten Galopp am Vortag hatte Aileen jedes Training vorläufig verboten. Aber was führten die beiden wohl wieder im Schilde?, fragte sich Cindy.

„Würdest du bitte Mr. Wonderful holen und ihn satteln?", sagte Lavinia.

Ihre Bitte klang allerdings mehr wie ein Befehl. Mit einem unguten Gefühl schaute Cindy die beiden an. Sowohl Brad als auch Lavinia trugen Reithosen und Reitstiefel. Sie wollten Mr. Wonderful reiten, erkannte sie. Und das, obwohl Aileen angeordnet hatte, dass er sich ausruhen sollte!

Cindy ging betont langsam aus dem Stall und nahm einen Führstrick vom Haken. Sie musste tun, was die beiden ihr aufgetragen hatten. Brad war der Mitbesitzer von Mr. Wonderful, und wenn sie das Pferd nicht holte, würde Brad es selbst tun.

Mr. Wonderful graste friedlich auf einer der Koppeln. Er hob den Kopf und sah zu ihr auf, als sei er überrascht, sie so schnell schon wieder zu sehen, denn Cindy hatte ihn gerade erst hinausgebracht.

„Komm schon, Sunnyboy." Cindy befestigte den Führstrick an seinem Stallhalfter. „Wir müssen tun, was sie gesagt haben. Wenn ich Zaumzeug hätte, würde ich einfach mit dir auf und davon galoppieren. Was bilden sich denn diese Erwachsenen ein? Sie glauben, mich einfach herumschubsen zu können, wie es ihnen gerade passt!"

Mr. Wonderful stupste sie leicht an, als habe er Mitleid mit ihr. Cindy gab ihm eine Karotte, brach sie zuvor aber in kleine Teile, so dass es möglichst lange dauerte. Mit einem tiefen Seufzer führte sie ihn schließlich hinüber zum Stall.

„Wie lange war er draußen?", fragte Brad, als Cindy das Pferd in der Stallgasse an einem Querbalken festband.

„Nur etwa zehn Minuten." Cindy sagte ihnen nur ungern die Wahrheit. Da Mr. Wonderful nicht genug Zeit gehabt hatte zum Fressen, war es jetzt durchaus möglich, ihn zu reiten.

„Gut, dann können wir ihn ja richtig rannehmen."

Hatte er wirklich vor, ihn im Renngalopp laufen zu lassen? Cindy starrte Brad erstaunt an. „Aber Mr. Wonderful soll in diesem Winter nirgendwo mehr starten." Cindy wusste, dass sich der junge Hengst im Frühling eine Zerrung geholt hatte und dass Aileen ihn daher ein wenig schonen wollte. Und Brad ritt immer sehr aggressiv.

„Eben diese Ruhepause werde ich jetzt unterbrechen", erwiderte Brad trocken. „Sattle ihn, und dann lass uns nach draußen gehen."

Cindy fühlte sich ganz elend, während sie Mr. Wonderfuls seidiges Fell striegelte. Reichte es nicht schon, dass Brad seine Nase auch in das Training von Glory steckte?, überlegte sie. Musste er ausgerechnet auch noch hier aufkreuzen?

Schweigend legte Cindy dem Pferd das Zaumzeug an. Sie wusste, dass Aileen vor Wut kochen würde über das, was Brad hinter ihrem Rücken trieb. Cindy hoffte nur, dass Aileen nicht auch noch auf sie sauer sein würde, weil ihr jetzt nichts einfiel, wie sie es verhindern könnte.

„Okay, lass uns gehen", Brad ergriff die Zügel des jungen Hengstes.

Cindy folgte ihnen hinaus zur Trainingsbahn und überlegte noch immer, wie sie Brad ausreden konnte, Mr. Wonderful zu reiten. Len und Vic waren auf der hinteren Koppel und vollauf mit der Reparatur des Zauns beschäftigt. Sie bekamen also nicht mit, was hier geschah.

Sie waren zu weit weg, um ihr zu Hilfe kommen zu können, dachte sie verzweifelt. Und wenn sie Mr. Wonderful mit Brad und Lavinia allein zurückließ, um sie zur Unterstützung zu holen, würde es auch zu spät sein, bis sie wieder hier waren.

Brad blieb mit dem Hengst am Eingang zur Trainingsbahn stehen. „Reite du ihn!", befahl er knapp und drückte Cindy die Zügel in die Hand.

„Aber das kann ich nicht." Cindy starrte Brad entsetzt an. Sie hatte Mr. Wonderful erst einmal geritten, und zwar in einem sehr verhaltenen Galopp. Was war, wenn sie alles falsch machte und er sich wieder verletzte?

Brad riss ihr die Zügel aus der Hand. „Ich habe nicht den ganzen Tag Zeit. Dann werde ich ihn eben reiten."

„Nein, nein, ich mach es schon." Cindys Gedanken waren völlig durcheinander. Sie durfte auf keinen Fall zulassen, dass Brad selbst Hand an den Hengst legte. Sie würde Mr. Wonderful vermutlich besser reiten als er, auch wenn man ihren Ritt wahrscheinlich nicht als gut bezeichnen konnte.

Sie versuchte, den Hengst langsam aufzuwärmen, indem sie zuerst im Schritt ritt und dann in einen leichten Trab wechselte. Erst ganz zum Schluss parierte sie ihn zu einem Arbeitsgalopp durch. Sie war sehr erleichtert, dass Mr. Wonderful gut auf ihre Hilfen reagierte. Nun, bisher war ja alles gut gegangen, überlegte sie. Sie gingen durch den hinteren Bogen.

„Lass ihn noch eine Runde laufen, und dann leg mal eine Viertelmeile so richtig los!", rief Brad ihr zu, als sie wieder am Start vorbeikam.

„Das ist zu viel für ihn, das sollte ich nicht tun!" Cindy ritt Mr. Wonderful im Zirkel, um ihn vor den Townsends zum Stehen zu bringen.

Lavinia seufzte. „Cindy, hab doch keine Angst. Aber wahrscheinlich bist du auch einfach zu jung, um mit so einem temperamentvollen Pferd fertig zu werden."

Cindy umklammerte die Zügel, doch dann versuchte sie sich zu entspannen, um nicht ihre Wut an das Pferd weiterzugeben.

Ein schrecklicher Gedanke schoss ihr durch den Kopf: Hatte etwa Lavinia vor, Mr. Wonderful selbst zu reiten? Aileen würde ihr nie verzeihen, wenn sie das zuließ, sagte sich Cindy. Sie musste einfach tun, was die beiden von ihr wollten.

„Verschärf jetzt das Tempo ein bisschen!", befahl Brad. „Du reitest ihn viel zu langsam, um ihn für einen richtigen Renngalopp aufzuwärmen."

„Aber ich möchte ihn nicht schneller reiten!", rief Cindy.

„Steig vom Pferd", erklärte Brad ungeduldig. „Ich reite ihn selbst."

Cindy saß ab. Noch bevor sie protestieren konnte, war Brad schon weg.

Cindy schloss die Augen, sie hoffte aus tiefstem Herzen, dass Mr. Wonderful nichts passierte. Als sie wieder hinaus auf die Grasbahn schaute, sah sie Brad über die Gegengerade reiten, und mit jedem Galoppsprung steigerte der Hengst das Tempo. Er hätte sich niemals getraut, ihn so hart zu reiten, wenn jemand anders hier gewesen wäre. Cindy war den Tränen nahe.

Dann trabte Brad mit Mr. Wonderful hinüber zur Bande und brachte ihn zum Stehen. Der Hals und die Flanken des jungen Hengstes waren mit Schweiß bedeckt, er zitterte stark.

„Oh, du Armer!", rief Cindy und brach in Tränen aus. Sie konnte sich nicht vorstellen, dass jemand ein Pferd so behandeln konnte, vor allem ein so wunderbares Pferd wie Mr. Wonderful.

„Ihr seid hier alle viel zu sentimental, was Pferde angeht." Brad schwang sich aus dem Sattel. „Das sind doch keine Haustiere, die man verhätschelt, das sind Tiere, aus denen man das Beste rausholt fürs Rennen."

Mr. Wonderful senkte seinen Kopf und stupste Cindy an. Sie presste ihre Wange gegen sein weiches Fell und versuchte die Tränen zu stoppen, die ihr über die Wangen liefen. Als sie wieder aufschaute, sah sie Len auf sich zulaufen.

„Was wird hier mit dem Pferd gemacht?", fragte er streng.

„Er hat endlich mal ein vernünftiges Training bekommen." Brad wandte sich zum Gehen. „Ihm steht ein langes, schwieriges Rennen bevor, da muss er mal ordentlich rangenommen werden."

Welches Rennen?, überlegte Cindy entsetzt. Aber im Augenblick machte sie sich vor allem Sorgen um Mr. Wonderfuls

Gesundheit, da blieb keine Zeit, lange über Brads Worte nachzudenken. Die Townsends spazierten zu ihrem Ferrari, ohne einen Blick zurückzuwerfen.

Len schüttelte den Kopf. „Sehen wir zu, dass wir unseren Großen hier gut abkühlen, und dann werde ich seine Beine einreiben. Schau nicht so sorgenvoll, Cindy." Len tätschelte ihr den Arm. „Ich glaube, er hat noch einmal Glück gehabt, er sieht ganz okay aus."

„Das hoffe ich." Cindy zwang sich, sich auf Mr. Wonderful zu konzentrieren, statt ihren Ängsten nachzuhängen, dass er vielleicht verletzt sein könnte.

Die nächste Stunde verbrachte sie damit, ihn mit einem Schwamm abzuwaschen, ihn umherzuführen und seine Beine einzureiben. Mr. Wonderful schien es tatsächlich gut zu gehen, stellte sie erleichtert fest. Er lahmte nicht und schien auch nicht wirklich erschöpft zu sein. Auch das Galoppieren mit einem unbekannten Reiter und die harte Behandlung schien er einfach wegzustecken, ganz anders als Glory. Mr. Wonderful war brav wie immer und stupste sie hin und wieder liebevoll mit der Nase an, während er mit ihr freundlich Runde um Runde um den Stallhof drehte.

Eine Stunde später schauten Aileen und Mike bei Mr. Wonderfuls Box vorbei. Cindy war gerade mit dem Striegeln des Hengstes fertig und hatte ihn wieder in seine Box gebracht. Sie hatte sehr gründlich gearbeitet, und der Hengst sah so aus wie immer. „Hör mal, du wirst es nicht erraten – ich habe gerade erfahren, dass Matchless sein Ausscheidungsrennen in Belmont gewonnen hat." Aileen klang recht fröhlich. „Und was hat sich hier getan, während wir weg waren?"

Cindy hasste es, ihr die Wahrheit sagen zu müssen. „Na ja, hier lief es nicht so gut. Brad ist vorbeigekommen und hat Mr. Wonderful geritten."

Aileen runzelte die Stirn. „Was? Er hat ihn geritten? Wo?"

„Auf der Grasbahn." Cindy holte tief Luft. Sie wollte es besser gleich hinter sich bringen, denn sie konnte es kaum ertragen. Aileen würde bestimmt enttäuscht sein, dass sie nicht besser auf die Pferde Acht gegeben hatte. „Brad hat ihn im Renngalopp geritten."

Aileen schaute sie schockiert an. „Ohne mich vorher zu fragen?"

„Schauen wir uns einmal den Hengst genauer an, mal sehen, was Brad angerichtet hat", schlug Mike vor. Er blickte ziemlich grimmig drein.

Cindy schaute nervös zu, wie Mike und Aileen Mr. Wonderful genau untersuchten. Soweit sie es beurteilen konnte, ging es ihm ausgezeichnet. Aber es konnte ja auch sein, dass sie etwas übersehen hatte.

„Es sieht so aus, als sei er ganz okay," meinte Mike schließlich. „Natürlich müssen wir erst mal abwarten, in welcher Verfassung er morgen ist."

„Es tut mir so Leid", entschuldigte Cindy sich niedergeschlagen. Sie hatte Aileen nicht mehr so erregt gesehen, seit Princess im vergangenen Frühling im Rennen zusammengebrochen war. Es war wirklich kein Wunder, dass sie das fertigmachte, dachte Cindy. Was heute hier passiert war, war genauso schlimm wie das mit Princess.

„Es ist nicht deine Schuld. Eigentlich bin ich allein an allem schuld." Aileen schien den Tränen nahe. „Ich hätte den Townsends niemals einen fünfzigprozentigen Anteil an Glory geben sollen. Schau dir nur an, was mit Mr. Wonderful passiert ist. Eine solche Behandlung ist das Schlimmste, was man einem Pferd antun kann."

„Niemand wirft dir etwas vor", antwortete Cindy schnell. Sie dachte aufrichtig, dass Aileen das Beste in einer aussichtslosen Situation getan hatte. Man hatte Wunders Champion einfach nicht von Whitebrook weggeben können, um ihn auf Townsends Acres ausbilden zu lassen.

Mr. Wonderful stand ruhig und zufrieden in seiner Box und schaute von einem zum anderen. Er verstand offensichtlich nicht, worum es bei der ganzen Aufregung ging.

„Aileen, wir haben das doch tausendmal durchgesprochen, du hattest keine andere Wahl, als das zu tun, was du getan hast", tröstete Mike sie sanft. „Wir wissen ja, dass die Townsends immer wieder quer schießen."

„Wahrscheinlich hast du Recht." Aileen rieb Mr. Wonderful zärtlich über den Hals. Sie schien allmählich ihre Fassung wiederzufinden. „Ich wünschte nur, ich könnte ihn reiten. Dann hätten die Townsends keinen Vorwand mehr, die Pferde selbst zu reiten."

„Komm, das kannst du doch schon bald wieder tun", beruhigte Mike sie. „Es dauert doch nur noch ein paar Monate."

„Stimmt. Das Baby kommt ja schon im Januar zur Welt." Aileen und Mike lächelten sich an.

Obwohl Aileen und Mike sich wirklich sehr auf ihr Kind freuten, wusste Cindy doch, dass es Aileen ziemlich schwer fallen musste, so lange nicht reiten zu können. Jetzt war vielleicht genau der richtige Zeitpunkt, um Aileen das Geschenk zu geben, das sie für das Baby gekauft hatte, überlegte Cindy. „Kommt doch bitte kurz mit rüber zum Haus", schlug sie vor. „Ich möchte euch etwas zeigen."

„Okay, ich glaube, wir haben hier alles getan, was wir tun konnten." Nach einem letzten Blick auf Mr. Wonderful folgte Aileen Cindy langsam zum Haus.

In ihrem Zimmer öffnete Cindy die Schublade mit ihren Pullis, in die sie das Geschenk gelegt hatte. Sie hatte es im Sommer im Einkaufszentrum in Lexington erstanden, und Samantha hatte damals vorgeschlagen, sie solle es noch eine Weile behalten und es Aileen geben, wenn sie einmal etwas deprimiert war. „Und ich glaube, dass Aileen gerade jetzt etwas Aufmunterung brauchen kann", murmelte Cindy.

Schnell lief sie mit dem bunt eingewickelten Päckchen wieder nach unten. Aileen und Mike hatten am Küchentisch Platz genommen, und der Teekessel begann schon zu summen.

„Überraschung!" Cindy drückte Aileen schüchtern ihr kleines Geschenk in die Hand. „Das ist für das Baby."

„Oh, Cindy, wie lieb von dir", bedankte sich Aileen. Sie riss die Verpackung auf, während Mike das bereits heiße Wasser in die bereitgestellten Tassen goss. „Schau mal, Mike!" Aileen hielt einen winzigen Strampelanzug hoch. „Ist er nicht süß?"

„Ganz toll", bestätigte Mike und kam mit den Tassen zum Tisch. „Cindy, vielen Dank, aber du hättest dir solche Mühe nicht machen müssen."

„Aber ich habe es gern getan." Aileen bewunderte noch immer den Strampelanzug. Cindy war überzeugt, dass sie Aileen etwas von den Sorgen um Mr. Wonderful abgelenkt hatte.

Aber einen Augenblick später verdüsterte sich Aileens Gesicht bereits wieder. „Ich muss wirklich ein ernstes Gespräch mit Brad führen", erklärte sie. „Sonst taucht er bald wieder hier auf und denkt, er kann ihn einfach reiten. Ich habe Angst, dass irgendwann die Sehnenverletzung wieder aufbricht. Und beim nächsten Mal ist der Schaden vielleicht irreparabel und Mr. Wonderful muss seine Rennkarriere beenden."

Cindy umfasste ihre Tasse mit beiden Händen. Trotz der Wärme der Tasse war ihr auf einmal ganz kalt. Wenn nichts wegen Brad unternommen wurde, konnte Mr. Wonderful eines Tages genauso zusammenbrechen wie Princess. Das schien zumindest Aileen zu denken. Cindy schauderte, als sie sich die schreckliche Szene aus dem letzten Rennen von Princess vergegenwärtigte – das Bein der Stute war an zwei Stellen gebrochen gewesen, sie hatte schlimme Schmerzen gehabt. Und die Verletzung hatte dazu geführt, dass sie ihre Rennlaufbahn beenden musste.

Auch Mike schien an Princess zu denken. „Am besten fährst du gleich rüber nach Townsend Acres und machst Brad deinen Standpunkt klar", schlug er vor. „Zumindest kannst du ihm deutlich machen, was er tun darf und was er zu lassen hat. Wir sind die Mitbesitzer von Mr. Wonderful und er wird bei uns trainiert. Brad kann nicht einfach herkommen und ihn reiten, wie er Lust hat. Ich selbst kann jetzt leider nicht mitfahren, ich hab in zehn Minuten eine Verabredung mit einigen Pferdebesitzern wegen der Besamungspläne im nächsten Jahr."

„Ich begleite dich, Aileen", bot Cindy an. Sie hatte zwar überhaupt keine Lust, Brad wieder zu sehen, aber es interessierte sie schon, welche Regelungen man für Mr. Wonderful treffen würde. Falls Mike und Aileen Brad dazu bringen konnten, jetzt bei Mr. Wonderful nachzugeben, würde er später vielleicht auch Glory in Ruhe lassen, dachte sie hoffnungsvoll.

Aileen sprach nicht viel auf der Fahrt nach Townsend Acres. Aber in ihrem Gesicht konnte Cindy lesen, dass sich ihre Wut eher steigerte.

In Townsend Acres angekommen, parkte Aileen den Wagen in der Auffahrt, sprang energisch aus dem Auto und marschierte schnurstracks auf den ersten der beiden Trainingsställe zu. Cindy folgte ihr. An diesem Tag hatte sie kaum Augen für die schönen großen Koppeln, die mit weißen Zäunen abgetrennt waren und sich weit in die Landschaft erstreckten. Und überall standen herrliche Vollblüter. Sie hatte auch keinen Blick für das prächtige Farmhaus im Kolonialstil, das die Townsends bewohnten. Cindy hatte schon lange jede Ehrfurcht vor dem großen Gestüt und seinem guten Namen verloren. Whitebrook mochte zwar wesentlich kleiner sein, aber in diesem Jahr richtete sich die Aufmerksamkeit der Pferdewelt wegen der zahlreichen Siege von Glory und Shining mindestens genauso auf Whitebrook wie auf Townsend Acres.

Als Cindy kurz nach Aileen den Stall betrat, hörte sie schon Brad und Aileen laut streiten.

„Ich habe mich lange zurückgehalten", verkündete Aileen gerade wütend. „Aber ich lasse nicht zu, dass du mir Mr. Wonderful oder Glory ruinierst."

Brad verzog den Mund zu einem kleinen hochnäsigen Grinsen. „Was ist dein Problem?", fragte er mit gespielter Gelassenheit. „Ich verstehe wahrscheinlich wieder einmal irgendetwas nicht. Dem jungen Hengst geht es doch gut, oder etwa nicht? Ich weiß nicht, warum du hier so eine Szene machst und dich so aufregst."

Aileen schluckte. „Noch geht es ihm gut, ja", gab sie zu. „Aber wenn so was wieder vorkommt ..."

Brad hob abwehrend eine Hand. „Mr. Wonderful ist heute ganz prächtig gelaufen. Ich will ihn in Churchill Downs im November in einem Preisrennen starten lassen. Dann ist er gut in Form, um auch im Gulfstream in Florida anzutreten. Ich bin schon lange in diesem Geschäft, Aileen, glaube mir, ich weiß, was ich tue."

„Darüber sprechen wir ein andermal. Ich möchte hier und jetzt noch einige Dinge wegen Glory klarstellen." Aileen ließ sich nicht von ihrem Ziel ablenken. „Wir haben vereinbart, dass du dich nicht im geringsten einmischst, was ihn anbelangt, aber bei seinem letzten Rennen hast du ihm einen Begleitreiter zuteilen lassen. Das mag zwar nur eine Kleinigkeit sein, aber es hat ihn doch ein bisschen nervös gemacht."

Brad schien ehrlich überrascht. „Das habe ich nicht veranlasst."

„Ach, komm schon, Brad", widersprach Aileen. „Wenn du es nicht getan hast, wer soll es denn dann gewesen sein?"

Brad zuckte mit den Schultern. „Du kannst meinetwegen glauben, was du willst. Du lässt dich überhaupt viel zu sehr von deinen Gefühlen lenken. So, und jetzt muss ich wieder an meine Arbeit gehen." Er verschwand einfach in seinem Büro.

„Lass uns nach Hause fahren." Aileen drehte sich auf dem Absatz um und marschierte los. „Ich kann es einfach nicht fassen, dass er mir so frech ins Gesicht lügt."

Cindy war sich nicht sicher, was sie glauben sollte. Sie hatte genügend Erfahrungen mit Lügnern, hatte in dieser Richtung einiges bei den Pflegefamilien erlebt, in denen sie aufgewachsen war. Und sie hatte eigentlich gedacht, dass sie ganz gut beurteilen konnte, ob jemand log oder nicht. Und wenn Brad nicht der beste Schauspieler war, den sie je kennen gelernt hatte, hatte er nicht gelogen. Zumindest als er erklärt hatte, dass nicht er es gewesen sei, der einen Begleitreiter für Glory bestellt hatte.

Was hatten sie jetzt auf Townsend Acres erreicht?, überlegte Cindy, als sie hinter Aileen zum Auto ging. Es sah auf jeden Fall nicht gut aus für Glory, denn Brad schien sich nicht an die Regeln halten zu wollen. Und das war zweifellos auch nicht gut für Aileen.

Kapitel 8

„Cindy, meinst du, Heather würde gern mit uns zum Breeders' Cup kommen?", fragte Beth ihre Adoptivtochter, als sie am Freitagabend für das Abendessen frisch gekochte Gemüsesuppe in die Suppenschüsseln füllte.

Cindy war gerade dabei, Servietten auf dem Tisch zu verteilen, und hielt mitten in der Bewegung inne. Sie sah Beth überglücklich an. „Machst du Scherze? Das wäre absolut fantastisch!" Doch das Lächeln wich schnell wieder aus ihrem Gesicht, sie runzelte die Stirn. „Aber ich glaube nicht, dass die Familie von Heather sich das leisten kann."

„Mach dir deswegen keine Sorgen", mischte sich Ian ein. „Wir haben gemeinsam mit den Eltern von Heather ausgerechnet, was die Reise kosten wird. So teuer ist es nun auch wieder nicht, sie mitzunehmen. Im wesentlichen geht es eigentlich nur um die Flugkosten, und für den Rest wie das Essen könnten wir ja aufkommen."

„Wir haben Glück, die Tickets sind gerade besonders günstig, weil sich die Fluglinien im Moment stark Konkurrenz machen", fügte Beth hinzu.

„Weiß Heather es schon?", rief Cindy aufgeregt.

„Ich glaube, ihre Eltern werden es ihr jetzt wohl gerade erzählen", erwiderte Ian lächelnd. „Sie wollten es ihr gleich sagen, wenn Mr. Gilbert von der Arbeit nach Hause kommt."

Das Telefon klingelte. „Wenn das Heather ist, fass dich bitte kurz", meinte Beth. „Wir wollten jetzt eigentlich gleich essen."

„Okay!" Cindy stürmte hinaus in den Flur und stürzte sich auf den Telefonhörer. „Hallo?"

„Cindy ..." Heather klang so aufgeregt, dass sie kaum sprechen konnte. „Meine Eltern haben gesagt, ich darf mit euch zum Breeders' Cup fliegen!", rief Heather atemlos.

„Ich weiß, Beth hat es mir gerade verraten. Das ist super, was? Die Rennbahn wird dir viel Spaß machen."

„Was machen wir dort als Erstes?"

„Wir gehen zu den Pferden, oder?", erwiderte Cindy schnell. „Zu Glory, Shining und Matchless. Und dann schauen wir uns an, wer sonst noch alles im Classic startet."

„Weißt du schon, ob Shining auch im Classic antritt?", fragte Heather.

Cindys Vorfreude wurde durch diesen Gedanken etwas getrübt. „Nein, noch nicht. Aber wenn Sammy heute Abend von ihrem Unterricht nach Hause kommt, werde ich sie fragen. Das Classic ist morgen in einer Woche, sie muss sich jetzt wirklich bald entscheiden."

„Erzähl mir mehr, wie es an der Rennbahn ist", bat Heather.

„Na ja, natürlich werden alle berühmten Jockeys da sein. Jeder möchte gern ein Pferd beim Breeders' Cup reiten. Und es kommen riesige Zuschauermassen."

„Ich werde meinen Zeichenblock mitnehmen", versprach Heather. „Und wenn Glory gewinnt, werde ich ihn zeichnen, wie er die Ziellinie überquert."

Cindy hatte auf einmal ein Bild vor Augen, wie Glory genau das tat. Sie konnte sehen, wie die Jockeys in ihren bunten Rennanzügen über die Bahn fegten und die Hufe der Pferde donnerten, während sie auf die Ziellinie zurasten.

„Cindy, hörst du mir überhaupt noch zu?", fragte Heather.

„Doch, natürlich, ich kann es nur einfach noch nicht fassen." Cindy lachte.

* * * * *

Nach dem Essen ging Cindy in ihr Zimmer hoch, um ihre Schularbeiten zu machen. Zuerst nahm sie sich ihr Geschichtsbuch vor. Sie musste einen kleinen Aufsatz schreiben, der ihre volle Konzentration erforderte. Schon nach einer halben Stunde hatte Cindy das Gefühl, dass ihr der Kopf rauchte. Sie versuchte dennoch weiterzuarbeiten. Am nächsten Tag wollte sie mit Heather zu Mandys Springturnier fahren, deswegen wollte sie sich nicht alle Hausaufgaben für Sonntag aufheben.

Samantha schaute zur Tür herein. „Hallo, Cindy, wie geht's?"

„Gut." Cindy schaute sich um, als sie die Stimme ihrer Schwester hörte. Samantha sah fröhlich und entspannt aus. Die

Frage, wer im Classic antreten würde, schien sie überhaupt nicht zu belasten.

„Was, du machst am Freitagabend Hausaufgaben? Was für eine brave Schülerin", frotzelte Samantha.

„Wenn ich meine Hausaufgaben fertig habe, kann ich morgen den ganzen Tag bei Mandys Springturnier bleiben und mich auch um unsere Pferde kümmern." Cindy schloss ihr Geschichtsbuch. „Und ich möchte vor allem genug Zeit für Storm haben."

„Er macht sich sehr gut dank deiner Hilfe." Samantha lächelte sie warm an. „Du solltest unbedingt so weitermachen, das tut ihm sehr gut." Sie setzte sich auf Cindys Bett und legte ihre Bücher neben sich ab. „Ich muss heute Abend auch noch ein bisschen in meinen Unterlagen schmökern. Morgen geht's nach Belmont."

„Du Glückliche." Cindy warf einen Blick auf Samanthas Buchstapel. Sie hatte das unbestimmte Gefühl, dass einem im College wohl noch viel mehr abverlangt wurde als in der siebten Klasse.

„Ich möchte unbedingt an der Bahn sein, um das letzte Training von Shining vor dem Rennen zu überwachen", sagte Samantha. „Das wird vermutlich am Mittwoch stattfinden."

„Ich glaube, dass Shining und Glory im Breeders' Cup gut abschneiden werden", tastete sich Cindy vorsichtig vor. „Ich kann es förmlich vor meinen Augen sehen, wie Glory auf die Ziellinie zustürmt ... und ... äh ... Shining natürlich auch ..."

Samantha nickte. „Ja, beide sind absolut in Topform."

Cindy konnte die Spannung nicht mehr ertragen, sie wollte endlich wissen, woran sie war. Doch Samantha schien nicht bereit zu sein, von sich aus mit der Information herauszurücken. „In welchem Rennen lässt du nun Shining starten?", fragte sie.

„Ich habe mich noch nicht entschieden", antwortete Samantha.

Cindy ließ die Schultern sinken. „Aber die Breeders' Cup-Rennen sind doch schon morgen in einer Woche!"

„Ich werde mich auch bald entscheiden." Samantha runzelte die Stirn. „Cindy, weißt du, bei meiner Entscheidung spielen viele Dinge eine Rolle. Es ist nicht wirklich der Sieg, um den es in solchen Rennen geht. Ich meine, natürlich ist der Sieg wichtig, aber ..."

„Ja, sicher, ich weiß." Cindy wollte nicht, das Samantha weiterredete. Sie wusste, dass ihre Schwester Recht hatte.

Samantha stand auf. „Wir werden das schon überstehen. Schließlich sind wir Schwestern. Schlaf gut", sagte sie.

„Du auch." Cindy lächelte Samantha dankbar an, dann widmete sie sich wieder ihrer Geschichtsarbeit. Aber sie hatte ihre Zweifel, ob sie trotz des langweiligen Geschichtsstoffs später gut schlafen konnte.

Cindy stützte das Kinn in beide Hände und versuchte ihre Gefühle zu analysieren. Sie fand, dass Glory ein solches Super-Pferd war, dass er einfach gewinnen musste. Und sie wünschte sich nichts sehnlicher, als dass Glory dort auch noch einen Bahnrekord aufstellte. Er war immer absolut Spitze, wenn er ein Rennen gewann. Aber warum fühlte sie sich dennoch unwohl bei dem Gedanken, dass er im Classic siegen könnte?

* * * * *

Am nächsten Morgen schaute Cindy ungeduldig aus dem Fenster von Beths Auto, das vor Heathers Elternhaus parkte. Sie konnte kaum erwarten, zu Mandys Turnier zu kommen, aber Heather war noch nicht fertig.

„Ich wünschte, Heather würde sich endlich beeilen", beschwerte sie sich bei Beth. Beth hatte angeboten, Cindy und Heather zum Turnier zu fahren, das etwa 80 Kilometer von Lexington entfernt in der Nähe von Louisville stattfand. Es hatte keiner großen Überredungskunst bedurft, um Beth für diesen Ausflug zu gewinnen. Seit Beth in die Familie der McLeans eingeheiratet hatte, war auch sie ein Pferdenarr geworden. Und wann immer ihre Arbeit es erlaubte, war sie mit von der Partie, wenn es zu einem Pferderennen oder einer Pferdeshow ging.

„Vielleicht hat Heather ja etwas vergessen", meinte Beth. „Und außerdem waren wir ja auch nicht pünktlich, Cindy."

„Ich weiß." Cindy lehnte sich in ihrem Sitz zurück. Sie hatte auf keinen Fall auf das morgendliche Training mit Storm verzichten wollen, und jetzt waren sie spät dran, das Turnier hatte bereits begonnen. Cindy hoffte nur, dass sie rechtzeitig zu Mandys Auftritt da sein würden.

Einer von Heathers zwei jüngeren Brüder, Ethan, kam zum Auto gelaufen. Mit seinen hellblonden Haaren und den blauen Augen wirkte er wie eine kleinere Ausgabe von Heather. „Heather kommt gleich", verkündete er. „Sie sucht nur noch ihren Fotoapparat."

„Hier bin ich!" Heather tauchte an der Haustür auf, schlug sie heftig hinter sich ins Schloss und rannte die Treppe herunter.

„Mandys Eltern haben bestimmt eine Kamera dabei, weißt du", klärte Cindy sie auf, während Beth den Weg zum Highway einschlug.

„Ja, aber ich möchte ein paar ganz besondere Bilder von Mandy schießen", erklärte Heather entschlossen. „He, hast du schon mit der Hausaufgabe in Geschichte angefangen?"

„Ich war schon fast fertig, aber dann bin ich praktisch im Sitzen eingeschlafen", antwortete Cindy und lachte laut.

„Kannst du mir vielleicht verraten, wie du deinen Aufsatz aufgebaut hast?", fragte Heather. „Ich fand die Fragestellung ziemlich schwierig."

Während der gesamten Autofahrt erklärte Cindy so gut es ging, wie sie ihren Text gegliedert hatte. Wie im Flug verging die Zeit, und schon bogen sie auf den Parkplatz vor dem Turniergelände ein. Hunderte von Transportern parkten auf der grünen Wiese vor dem umzäunten Freiluft-Parcours.

„Das ist ja eine riesige Veranstaltung", stellte Cindy überrascht fest, als sie ausstieg.

„Ja, und die Reiter sind auch nicht ohne", stimmte Heather zu. „Mandy hat eine ganz schön harte Konkurrenz in ihrer Altersklasse."

Als sie über das Turniergelände spazierten, dachte Cindy, wie wunderschön es doch an diesem herrlichen, wenn auch kühlen Herbsttag hier draußen war. Die roten, gelben und braunen Farbtöne des Herbstlaubs hoben sich eindrucksvoll gegen den grauen Himmel ab.

In der Nähe der Arena war ein langer Tisch mit Essen und Getränken aufgestellt. Der würzige Duft von heißem Zimtpunsch stieg Cindy in die Nase.

„Lass uns einen Punsch holen", schlug sie vor.

„Ja, ich hätte auch gern einen", sagte Beth, die etwas fröstelte. „Brr! Dieser Wind ist wirklich scheußlich kalt."

Cindy legte die Hände um ihren Becher, um sich ein wenig aufzuwärmen. Heather studierte das Programm. „Komm, suchen wir Mandy", forderte Cindy auf. „Damit wir ihr Glück wünschen können."

„Okay", erwiderte Heather. „Wahrscheinlich ist sie da drüben auf dem Abreiteplatz, um Butterball aufzuwärmen. Ihre Gruppe kommt nämlich gleich nach diesem Durchgang dran."

„Ich besetze für uns schon mal ein paar Plätze auf der Tribüne", bot Beth an.

Unmittelbar vor Cindy trabte eine der Teilnehmerinnen mit ihrem Pferd aus dem Ring, nachdem sie ihr Springen beendet hatte. Cindy bewunderte die edle Aufmachung, die junge Frau trug eine gut sitzende schwarze Reitjacke, dazu eine beige Hose und hohe, glänzend schwarze Reitstiefel. Ihrem Pferd, einem hochgewachsenen Braunen, hatte man die Mähne mit einem roten Band zu Zöpfen geflochten. Dieser klassisch englische Aufzug war zwar nicht so auffällig wie die knallig bunten Farben der Jockeys bei den Flachrennen, dachte Cindy, aber bei Springturnieren wirkte alles immer sehr prächtig und elegant, angefangen von den sorgfältig gekleideten Reitern bis hin zu den hochgewachsenen muskulösen Pferden.

Einige Teilnehmer aus der nächsten Gruppe führten ihre Pferde in der Nähe des Eingangs umher, um sie aufzulockern und aufzuwärmen.

„Was für Pferde sind das?", fragte Cindy Heather.

„Einige sind Vollblüter, aber Tor hat gesagt, dass es unter ihnen auch eine ganze Menge Warmblüter gibt", antwortete Heather.

Auf dem Abreiteplatz tummelten sich schon einige Ponys, die auf den nächsten Wettbewerb vorbereitet wurden. Drei Übungshindernisse waren aufgebaut worden: ein einfacher Hochsprung, ein 60 Zentimeter breiter Oxer und eine niedrige Kombination.

„Hast du Mandy schon entdeckt?", fragte Heather.

„Nein, aber sie müsste eigentlich hier draußen sein. Sie wird bestimmt keine Minute der Übungszeit versäumen." Cindy musterte die Ponys auf dem Platz. Alle Reiter sahen älter aus als ihre Freundin. „Da ist sie!", rief sie und deutete nach vorn.

Mandy hatte gerade mit Butterball den Kombinationssprung absolviert. Sie kam zu ihnen galoppiert. „Hallo, Freunde", begrüßte sie ihre Freundinnen.

Obwohl sie noch sehr jung war, wirkte Mandy recht gelassen und selbstbewusst, sie schien ihr Pferd gut unter Kontrolle zu haben. „Wir wollten dir nur viel Glück wünschen." Cindy tätschelte das dichte, pelzartige Fell von Butterball.

„Vielen Dank", freute sich Mandy. „Ich bin als Vierte dran, das ist ganz gut." Cindy wusste, dass Mandy die schwierigen Stellen des Parcours besser einschätzen konnte, wenn sie bereits andere Reiter auf der Bahn gesehen hatte.

„Hast du dir den Parcours schon genau angeschaut?", fragte Heather.

„Ja." Mandy sah sie nervös an. „Ich glaube, ich sollte mit Butter noch ein bisschen üben, bevor wir drankommen", sagte sie.

„Okay. Wir sehen dich dann ja gleich." Cindy schaute Heather an. „Komm, gehen wir hinüber zur Tribüne und setzen uns zu Beth."

„Wir können uns ja rechts und links neben sie setzen, um sie zu wärmen", stimmte Heather zu. „Es war nett von ihr, uns herzubringen."

Beths Gesicht war leicht bläulich angelaufen, als Cindy und Heather sich zu ihr auf die Tribüne gesellten. „Ich hole dir noch etwas Punsch", bot Cindy an.

„Vielen Dank, Cindy, das wäre herrlich." Beth lächelte. „Ich fühle mich wie ein Eisschrank. Wahrscheinlich bin ich ein Kaltblüter."

Auf ihrem Weg zum Punsch-Stand warf Cindy noch einen Blick in den Ring, wo Helfer gerade damit beschäftigt waren, den Parcours für Mandys Gruppe aufzubauen. Er bestand aus acht Hindernissen: zwei Hochsprüngen mit gelb-grün gestreiften Stangen, drei Oxern, von denen nach Cindys Meinung zumindest einer mindestens 90 Zentimeter breit war, einer Mauer, die links und rechts von Blumenkästen flankiert war, einer Hecke mit einer Stange obendrauf und einem mit Blumen bemalten Gatter, das sich sanft im Wind bewegte. Die meisten Hürden waren ungefähr 90 Zentimeter hoch, schätzte Cindy.

Sie bezahlte für den Becher Punsch und kehrte zur Tribüne zurück, von der aus man eine wesentlich bessere Sicht hatte.

„Mir ist bereits viel wärmer", bedankte sich Beth, als Cindy ihr das dampfende Getränk reichte. „Setz dich, Cindy. Es geht gleich los."

Der erste Reiter kam in den Parcours. Nachdem er sein Pferd kurz im Zirkel hatte traben lassen, ritt er die erste Hürde an.

Das große leberbraune Pony bewältigte mühelos den Hochsprung, es blieb dabei ganz ruhig. Es war anscheinend gut trainiert, dachte Cindy. Dieser und wahrscheinlich auch die übrigen Reiter stellten wohl eine harte Konkurrenz für Mandy dar.

„Der Reiter sieht aus, als wäre er fast schon so alt wie wir", stellte Cindy fest.

„Ich wette, Mandy ist die jüngste in ihrer Turnierklasse", stimmte Heather zu.

Cindy saß angespannt auf ihrem Platz und beobachtete, wie der Reiter mit seinem Pony mühelos einen Sprung nach dem anderen absolvierte. Sie wusste, dass es zu einem Stechen kommen würde, wenn er und auch Mandy fehlerlos blieben. Aber sie war sich nicht sicher, ob Mandy mit diesem Jungen mithalten konnte. Die 90 Zentimeter hohen Hindernisse waren eine große Herausforderung für ein Pony von Butterballs Größe.

„Der Reiter ist raus!", rief Heather überrascht, während sie aufmerksam den Parcours beobachtete. „Er hat ein Hindernis ausgelassen."

„Wie kann er denn einen solchen Fehler machen?", fragte Cindy erstaunt.

„Das ist ganz einfach. Der Parcours ist ziemlich kompliziert aufgebaut und die Reiter stehen unter ungeheuren Druck", erklärte Heather.

Wenigstens konnte man bei Flachrennen auf Gras oder Sandboden nicht falsch laufen, dachte Cindy.

Eine Glocke ertönte, und der Junge ritt schnell vom Parcours. Sein Gesicht war rot vor Scham.

„Er ist disqualifiziert worden", verkündete Heather.

„Der Arme." Cindy hatte Mitleid mit ihm.

Als nächstes kam ein Mädchen von ungefähr zehn Jahren, das auf ihrem Shetland-Pony recht groß aussah. Sie warf gleich beim ersten Hindernis eine Stange ab und verlor die Fassung. Sie und ihr Pferd liefen durch die beiden nächsten Hindernisse einfach durch und wurden ebenfalls disqualifiziert. Die nächste Reiterin, ein blondes Mädchen auf einem Waliser-Pony, legte eine fehlerfreie Runde hin. Unter großem Applaus ritt sie vom Parcours.

„Jetzt kommt Mandy", verkündete Heather.

Mandy ritt im Schritt auf den Parcours, dann fiel Butterball in einen Trab. Ihre vorherige Nervosität schien verflogen zu sein, fiel Cindy auf.

Mandy lenkte ihr Pony auf den ersten Hochsprung zu. Obwohl er ziemlich klein war, schien Butterball die Hindernisse mühelos zu nehmen. In einem guten Rhythmus führte Mandy ihn von Hindernis zu Hindernis. Ein anerkennendes Raunen ging durch die Menge.

Mandy absolvierte mit Butterball eine makellose Kehrtwende und ritt dann das letzte Hindernis an, das bunt bemalte Tor. Schnell verkürzte das Pony die Entfernung zum Hindernis.

Ein Windstoß brachte das Tor ins Wanken, so dass es beinahe Butterballs Knie berührte. Mit einem lauten Schnauben kam Butterball zum Stehen.

„Er verweigert!", stöhnte Cindy. Aber das tapfere Pony hatte noch nicht aufgegeben. Auf Mandys Drängen nahm es das Hindernis doch noch ohne Probleme, obwohl es praktisch aus dem Stand springen musste.

„Dafür bekommen sie keinen Strafpunkt!", rief Heather aufgeregt.

„Aber Butterball hat doch vor dem Sprung gescheut, oder nicht?", fragte Beth.

„Das wird nicht als Fehler gewertet, wenn er nicht richtig zurückweicht. Er kann stehen bleiben und den Sprung dann so nehmen, wie er es getan hat."

Mandy beendete den Parcours und ritt unter lautem Applaus aus dem Ring. Sie strahlte über das ganze Gesicht.

Nur noch zwei weitere der insgesamt zehn Teilnehmer absolvierten den Parcours ebenfalls fehlerfrei. „Mandy ist eine Anwärterin auf den ersten Platz!", rief Cindy.

„Ja, jetzt wird es ein Stechen geben." Heather drückte aufgeregt ihre Hände.

„Das war toll." Cindy strahlte. Ihr war überhaupt nicht mehr kalt.

Einige Helfer betraten den Ring und begannen, die Hindernisse umzubauen und zu erhöhen.

„Sie nehmen einige Hindernisse raus und machen die restlichen höher", erklärte Heather.

„Und was ist, wenn mehr als ein Reiter fehlerlos reitet?", fragte Beth.

„Dann gewinnt der Reiter mit der schnellsten Zeit", antwortete Heather. „Die Reiter müssen also wirklich so schnell reiten, wie sie nur können."

Cindy war nicht sicher, ob Mandy und Butterball auch diesen schwierigeren Parcours meistern konnten. Butterballs Hufe waren in der ersten Runde bei einigen Sprüngen verdächtig nah an die Stangen herangekommen. „Komm, wir stellen uns ganz in die Nähe eines Hindernisses", schlug Cindy vor. „Da können wir alles besser sehen, und es ist dann fast so, als würden wir mit Mandy über das Hindernis springen."

„Gute Idee! Ich möchte dort auch ein ganz besonderes Foto machen."

„Ich glaube, ich bleibe einfach hier sitzen und nehme die anderen Zuschauer als Windschutz." Beth lachte. „Ich sehe euch dann nachher."

Cindy und Heather bahnten sich ihren Weg zum Ring und zwängten sich zwischen den Teilnehmern mit ihren Pferden und den dicht gedrängten Zuschauer hindurch. Sehr viele Leute waren anscheinend der Meinung, dass ein Springturnier eine vergnügliche Möglichkeit ist, einen tollen Herbsttag zu verbringen.

„Da ist Mandy!", rief Heather und zeigte nach vorn.

„Komm, gehen wir zu ihr und wünschen ihr alles Gute für das Stechen."

Die Augen des jungen Mädchens waren weit geöffnet vor Aufregung, sie wirkte recht angespannt. „Das war ziemlich knapp im letzten Durchgang, als Butterball vor dem Tor scheute."

„Du hast das perfekt gemacht", lobte Cindy.

„Ja, sehr gut", stimmte auch Heather zu.

„Vielen Dank." Mandy lächelte die beiden warm an. „Ich sollte Butter lieber in Bewegung halten", fügte sie hinzu und nahm die Zügel etwas fester in die Hand. Das kleine Pony scharrte schon ungeduldig mit den Hufen. Es schien genauso aufgeregt zu sein wie seine Reiterin.

„Stellen wir uns neben das Tor", schlug Heather vor. „Das ist das letzte Hindernis im Stechen."

„Okay." Cindy sah, dass die Arbeiter gerade die oberste Stange auf dem Tor um mehr als zehn Zentimeter erhöht hatten. Insgesamt hatte man sechs Sprünge schwieriger gemacht oder zumindest verändert. Nun bestand der Parcours aus einem erhöhten Hochsprung, zwei breiteren Oxern, der ursprünglichen Kombination, bei der beide Teile höher gesetzt worden waren, sowie einem weiteren erhöhten Hochsprung und dem Gatter.

Cindy starrte angestrengt in den Ring und runzelte die Stirn. „Dieses Gatter sieht schrecklich hoch aus für ein Pony, das so klein ist wie Butterball", meinte sie. „Mandy wird den richtigen Absprungpunkt genau treffen müssen, sonst schafft sie es nicht."

„Ich wette trotzdem, dass sie gewinnt", sagte Heather.

Mandy kam als Erste dran. Sie grüßte die Richter und parierte Butterball dann in einen versammelten Arbeitsgalopp. Das Pony meisterte den Hochsprung und die beiden Oxer ohne Fehler.

„Sie legt eine tolle Runde hin!", rief Heather bewundernd. „Sie hat wirklich Talent."

Cindy nickte, sie sah, dass Mandy sehr schnell ritt, fast schon so schnell, dass sie leicht die Kontrolle verlieren konnte. Aber vielleicht ging es auch nicht anders, wenn sie gewinnen wollte, überlegte Cindy.

Butterball setzte über den ersten Teil der Kombination. Cindy sah etwas Helles durch die Luft fliegen, genau in dem Augenblick, als Heather auf den Auslöser ihrer Kamera drückte. „Er hat ein Hufeisen verloren!", rief Cindy entsetzt.

„Mandy muss weiter reiten." Heathers Augen waren auf den Parcours gerichtet. „Wenn sie stehen bleibt, wird sie disqualifiziert."

Und als sei nichts geschehen, überflog Butterball auch das letzte Element der Kombination und galoppierte weiter. Er nahm den letzten Hochsprung mit Schwung, und schließlich ritt Mandy das bunte Gatter an.

Es geht bestimmt gut, seufzte Cindy erleichtert auf. Vielleicht war es in einem Springreiten nicht so schlimm, ein Hufeisen zu verlieren, wie bei einem Flachrennen.

Butterball näherte sich dem Gatter. Cindy bemerkte, dass Mandy trotz des fehlenden Hufeisens, nicht die Geschwindigkeit herabgesetzt hatte.

Aber beim Absprung kam das Pony ins Straucheln. Bevor Cindy noch laut aufschreien konnte, krachte Butterball in das Gatter, das darauf in die Brüche ging. Überall flogen Teile herum, und das Pony fiel auf die Knie. Cindy registrierte erstaunt, dass Mandy nicht abgeworfen wurde. Sie zwang das Pony wieder auf die Füße.

Langsam, sehr würdevoll und ohne zurückzuschauen ritt Mandy aus dem Parcours. „Sie werden disqualifiziert", flüsterte Heather. „Oh, nein!"

„Wir sollten besser nachsehen, wie es ihr geht." Cindy machte sich Sorgen um Butterball. Er war hart auf die Knie gestürzt.

Draußen vor dem Ring stützte Mrs. Jarvis Mandy am Ellbogen, und Mr. Jarvis führte Butterball. Das Pony hielt den Kopf gesenkt, als sei es genauso enttäuscht über die schlechte Leistung wie seine junge Reiterin.

„Bist du okay, Mandy?", fragte Cindy ängstlich.

Mandy schüttelte den Kopf. „Ich habe das wunderschöne Gatter ruiniert", brachte sie mit gebrochener Stimme hervor. „Und wir haben verloren." Mandy war so durcheinander, dass Cindy nicht beurteilen konnte, was ihr mehr ausmachte.

„Ich glaube, körperlich sind sie und Butterball in Ordnung", versicherte ihnen Mrs. Jarvis leise. „Aber ihr Stolz ist natürlich ziemlich ramponiert."

„Nein, das stimmt nicht!", widersprach Mandy laut.

„Sollen wir dich jetzt erst einmal allein lassen, Mandy, und später wiederkommen, wenn es dir wieder besser geht?", fragte Cindy.

„Nein … es tut mir Leid, dass ich so durcheinander bin", entschuldigte sich Mandy. „Ich fühle mich nur so elend. Ich dachte, der Parcours sei leicht zu bewältigen." Das kleine Mädchen wischte sich Tränen der Enttäuschung aus den Augen.

„Mandy, du hast eine wirklich gute Runde hingelegt." Cindy versuchte sich etwas einfallen zu lassen, womit sie ihre Freundin aufheitern konnte. „Es war ein Unfall, dass Butterball ein Hufeisen verlor."

„Ich weiß", seufzte Mandy. „Ich bin nur immer so wütend, wenn ich verliere. Nicht auf Butter natürlich – er hat sein Bestes gegeben. Ich werde es erneut versuchen."

„Natürlich wirst du das", erwiderte Mrs. Jarvis. „Aber heute nicht mehr."

„Wenigstens ist dein Pony nicht verletzt worden", tröstete Cindy und ließ die Hände über Butterballs Beine gleiten. „Wir helfen dir, seine Beine einzureiben."

„Nett von dir", erwiderte Mandy kleinlaut. „Der arme Butter. Tut mir Leid, mein Lieber." Sie legte dem Pony liebevoll die Arme um den Hals.

Das kleine Pony stupste sie sanft mit der Nase an, als wollte es ihr sagen, dass es ihr vergeben hatte. Mandy nahm ihrem Vater die Zügel ab und marschierte entschlossen auf den Anhänger der Familie Jarvis zu.

Mandy ist absolut verrückt nach dem Springreiten, dachte Cindy, während sie und Heather Mandy und ihren Eltern folgten. Und sie vermutete, dass man auch einen derartigen Enthusiasmus brauchte, wenn man ein Star werden wollte. Aber sie fragte sich auch, ob Mandy es manchmal nicht ein wenig übertrieb.

Mandy ließ noch immer den Kopf hängen und zog ein Bein etwas nach. „Arme Mandy", meinte Heather leise. „Sie sieht so fertig aus."

Mandy hatte sich voll darauf konzentriert, dieses Turnier zu gewinnen, erkannte Cindy. Und als sie jetzt verlor, war das letzte Fünkchen Energie verbraucht.

Kapitel 9

Früh am Montagmorgen führte Cindy Storm hinüber zur Reitbahn für sein erstes Training mit anderen Pferden. Die Morgenluft war kalt, und es war absolut still. Leichter Frost lag auf den Grasspitzen und in der lehmigen Auffahrt. Cindy holte tief Luft, sie genoss die eisige Luft, die richtig weh tat in der Lunge. Sie konnte es kaum erwarten zu sehen, wie Storm sich in Gesellschaft anderer Pferde verhalten würde.

„Bist du bereit für deinen Auftritt?", fragte sie ihn und beugte sich vor, um mit den Fingern durch Storms silbrige Mähne zu fahren.

Der kraftvolle junge Hengst warf den Kopf hoch und tänzelte ein paar Schritte hin und her, als wollte er sagen, er habe sich nie besser gefühlt.

Cindy nahm die Zügel fester in die Hände, denn sie wollte nicht das Risiko eingehen, dass Storm aus purem Übermut vielleicht durchging. Aber der Hengst schien bereits seine Grenzen zu kennen. Denn er ging flott voran und reckte den Hals, um sich nach Landslide und Fortune's Paradise umzusehen. Die beiden Zweijährigen, ein Fuchs und ein Brauner, kamen ihnen von der Rennbahn entgegen.

Cindy ließ ihre schwere Jacke auf eine in der Nähe stehende Zaunstange fallen. Sie bewegte sich so ruhig wie möglich, um dem jungen Hengst keine Angst zu machen. Sie hatte jetzt bereits eine Reitstunde mit Storm hinter sich, und trotz der niedrigen Temperaturen war ihr richtig warm geworden.

Cindy war bereits vor zwei Stunden aufgestanden, um halb vier Uhr, um zuerst ganz allein mit Storm zu trainieren, bevor sie ihn mit den anderen Jährlingen zusammenbrachte. Der Himmel war noch immer tiefschwarz, aber wolkenlos und von Sternen übersät, als sie mit Storm das Trainingsprogramm absolvierte, ihn erst im Schritt gehen ließ, dann trabte und schließlich galoppierte, und zwar im Rechts- wie im Linksgalopp. Anschließend hatte sie ihn abkühlen lassen und dann mit ihm im Schritt und im Trab Achterfiguren geübt. Dabei achtete sie besonders auf die richtige Reaktion auf ihre Zügelhilfen, damit er lernte, auf das leiseste Zeichen hin etwas zu tun oder zu lassen. Storm hatte brav mitgemacht. Cindy hatte diese Elemente schon früher mit ihm geübt, und es schien ihm Spaß zu machen, ihr einen Gefallen zu tun.

„So, heute werden wir etwas Neues ausprobieren", verkündete Cindy. „Ich hoffe, du hältst dich wacker beim Training mit den anderen Jährlingen, denn allmählich wird's ernst. Schließlich soll aus dir mal ein Rennpferd werden." Das meiste, was sie ihm bisher beigebracht hatte, übte man auch in der Ausbildung von Freizeitpferden. Cindy wusste, dass von jetzt an Storms Verhalten sehr genau beobachtet werden würde. Das gemeinsame Trainieren mit anderen Pferden auf der Reitbahn war ein großer Schritt in der Ausbildung zum Rennpferd.

Aileen kam vom Stutenstall auf sie zu. Cindy ließ Storm anhalten, um auf sie zu warten.

„Und, geht es ihm gut?", fragte Aileen.

„Ja, er macht wirklich toll mit." Cindy schaute vom Pferd auf Aileen hinab. Trotz Aileens Schwangerschaft konnte sich Cindy einfach nicht daran gewöhnen, Aileen nicht auf einem Pferd sitzen zu sehen.

„Pass auf, wenn du Storm reitest", warnte Aileen sie. „Heute früh wird hier eine Menge los sein."

Cindy nickte. „Ich werde sehr vorsichtig sein." Sie wusste, dass Aileen sie warnte, auf der Hut zu sein, weil sie für eine Reiterin eines Jährlings noch sehr jung war.

Sie hatte weniger Erfahrung als die anderen Reiter, das wusste Cindy sehr wohl, daher schwor sie sich, besonders sorgfältig auf jedes geringste Zeichen zu achten und sich nicht einlullen zu lassen. Aber andererseits kannte sie Storm so gut, dass sie bezweifelte, dass ihr irgendwelche unangenehmen Überraschungen mit ihm bevorstanden.

Cindy stoppte das Pferd am Eingang zur Reitbahn. Im Dämmerlicht sah die Aschenbahn wie dunkles Purpurrot aus. Der Himmel über ihnen war inzwischen nicht mehr dunkelschwarz, sondern zeigte ein silbrig-dunstiges Blaugrau.

„Guten Morgen!", rief ihr Vic entgegen. Vic und Mark Collier, der zweite festangestellte Pferdepfleger und Übungsreiter auf Whitebrook, führten die beiden anderen Jährlinge, die an diesem

Vormittag mit ihnen trainieren sollten, auf die Reitbahn. Es waren Secret Silence, eine braune junge Stute, die Mike auf der Juli-Auktion für Jährlinge in Keeneland erstanden hatte, und Crimean Summer, ein junger Hengst, den er vom Nachbargestüt Oakridge Meadows dafür erhalten hatte, dass er ihm Stolz für eine Saison als Deckhengst überlassen hatte.

Storm spitzte ein Ohr, als sie näher kamen, die anderen Jährlinge blieben jedoch still stehen. „Guten Morgen, Vic, guten Morgen, Mark." Cindy lächelte beide aufgeregt an. Dass sie mit zwei so erfahrenen Übungsreitern trainieren konnte, steigerte ihr Selbstwertgefühl, sie kam sich wie ein richtiger Profi vor.

Mike wartete bereits an der Bande auf sie. Cindy hatte bemerkt, dass er bisher keine von Storms Übungsstunden versäumt hatte. Sie erinnerte sich, dass Mike ein besonderes Interesse an Sprintern hatte. Früher hatte er Blues King trainiert, mit dem er auch bei Rennen angetreten war. Jetzt war der Hengst als Zuchthengst auf Whitebrook im Einsatz und hatte mit dem Renngeschäft nichts mehr zu tun. Mike hoffte, dass sie vielleicht auch aus Storm einen Sprinter machen konnten. Cindy wusste, dass Mike nicht nur ein Experte für die Ausbildung von Sprintern war, sondern dass er die explosive Kraft dieser extrem schnellen Pferde über alles liebte.

„Lasst es uns ruhig angehen mit den Jährlingen, zuerst im Schritt gehen, dann traben und danach langsam galoppieren", instruierte sie Aileen, die neben Mike an der Bande lehnte. „Haltet Abstand zueinander, bis wir wissen, wie es läuft. Ihr beginnt also im Schritt, beim Pfosten für die Viertelmeile fangt ihr zu traben an, etwa eine dreiviertel Meile weit, und dann galoppiert ihr verhalten mit ihnen über ungefähr eine halbe Meile."

„Denkt vor allem daran, genügend Distanz zwischen den Pferden zu lassen", fügte Mike hinzu. „Wir sind nicht hier, um die Pferde um die Wette laufen zu lassen, auch wenn ich das Gefühl habe, dass einige der Jährlingen das gern mal ausprobieren möchten. Wir wollen nicht, dass sie außer Kontrolle geraten und wir sie dann mühsam wieder abbremsen müssen. Oder schlimmer noch, dass sie gegen ein Hindernis laufen oder in ein anderes Pferd hineindonnern und sich verletzen."

Cindy schnalzte mit der Zunge, und schon strebte der Hengst auf die Bahn. Cindy überlegte, wie Storm wohl im Vergleich mit den übrigen Jährlingen abschneiden würde. Sie wusste natürlich, dass sie das heute noch nicht herausfinden konnte, denn sie und die anderen Reiter würden maximal einen leichten Galopp versuchen. Aber selbst wenn man die Jährlinge richtig forderte, würde es noch lange dauern, bis man herausfand, welcher das größte Potenzial hatte. Cindy wusste, dass einige Pferde schneller eine gewisse Reife entwickelten als andere und dass es Begabungen für unterschiedliche Distanzen oder unterschiedliche Böden gab.

Secret Silence war der Jährling auf Whitebrook, über den man am meisten sprach. Wegen der vier Champions in ihrem Stammbaum erwartete man von ihr, dass sie auf der Rennbahn Furore machen würde. Und sie sah auch ganz wie ein zukünftiger Champion aus, dachte Cindy. Die junge Stunte war sehr kompakt und gut proportioniert. Sie hatte ein wunderschönes goldbraunes Fell, eine üppige schwarze Mähne und einen schwarzen Schweif. Secret Silence betrat voller Selbstbewusstsein die Bahn.

„Du machst das bestimmt genauso gut wie sie", versuchte Cindy Storm aufzumuntern. Irgendwie war sie davon überzeugt. Sie genoss es, Storm zu reiten, vor allem jetzt, da Glory nicht hier war. Sie erkannte, dass sie eine ganz enge Bindung zu dem dunkelgrauen jungen Hengst entwickelt hatte.

Storm übernahm die Führung, er ging im Schritt schneller als Secret Silence oder Crimean Summer. Cindy lenkte Storm an die Außenseite und hielt ihn ein gutes Stück von den anderen beiden Jährlingen entfernt. Niemand, nicht einmal Vic oder Mark, wusste, wie sich Secret Silence oder Crimean Summer verhalten würden. Keiner von ihnen war auf Whitebrook geboren oder aufgezogen worden, und sie hatten anderswo mit ihrer Ausbildung begonnen. Auch Storm war erst seit zwei Monaten auf Whitebrook.

Es war doch etwas ganz Besonderes, dachte Cindy, wenn ein Pferd auf dem eigenen Gestüt ausgebildet wurde wie Wunders Champion. Sie kannten ihn wirklich gut. Und sie konnten alle Phasen seines Trainings und seiner Rennpraxis genau beurteilen.

Am Pfosten für die Viertelmeile parierte sie Storm in einen Trab, genau wie Aileen es ihr aufgetragen hatte. Der junge Hengst stürmte vorwärts, den Kopf angestrengt vorgestreckt.

Die Sonne ging gerade auf, ein leichter pinkfarbener Hauch legte sich über den braunen Boden der Reitbahn. Cindy kniff die Augen zusammen, um nach den anderen zu sehen und genug Abstand zu halten. Secret Silence musste es wohl ausgenutzt haben, dass sein Reiter von der Sonne geblendet wurde, um ihren eigenen Kopf durchzusetzen und auf und davon zu gehen.

Storms Kopf schoss hoch, er zerrte an den Zügeln, während er versuchte, seine Führung gegenüber der Konkurrentin zu verteidigen. Instinktiv verkürzte Cindy die Zügel etwas und drückte die Beine fest gegen seine Flanken, um sich im Gleichgewicht zu halten. Was sollte sie tun?, fragte sich Cindy besorgt. Sie wollte Storm eigentlich nicht entmutigen und daran hindern, gegen andere Pferde um die Führung zu kämpfen.

„Parier Silence in einen Trab, Mark!", rief Aileen. „Du darfst nicht zulassen, dass sie dich überrumpelt."

Cindy konnte sehen, dass Mark versuchte, die eigenwillige Stute wieder unter Kontrolle zu bekommen. Schließlich fiel Secret Silence in einen nervösen, schnellen Trab zurück, aber sie scherte dabei schräg aus. Vic hatte es auch nicht gerade einfach mit Crimean Summer. Der feurige, überaus nervöse Hengst machte ständig kleine Sprünge. Doch Vic konnte geschickt gegensteuern und den Hengst wieder nach vorne ausrichten.

Cindy war stolz, dass Storm genau das tat, was sie von ihm verlangte, und nicht versuchte, sie auszutricksen. Er hatte das noch nie getan, er war ein Traumpferd, was das Training anging. Das lag natürlich zum einen an seinem ausgeglichenen Wesen, aber Cindy war überzeugt, dass er auch großes Vertrauen in sie hatte, weil sie sich so viel mit ihm beschäftigte. Er wusste, was von ihm erwartet wurde, und wollte es ihr recht machen.

Sie hatten die Stelle erreicht, wo sie in den Galopp wechseln sollten. Jetzt konnten sie endlich einmal loslegen. Cindy konnte es kaum erwarten zu erleben, wie sich Storm in der schnelleren Gangart auf der Reitbahn verhalten würde.

Sie schaute nach links und rechts. Die beiden anderen Jährlinge waren hinter ihnen und folgten ihnen in einem flotten Trab. Fast waren sie zu dicht an ihnen dran, fand Cindy, aber die beiden Reiter schienen ihre Pferde im Griff zu haben. Das war wichtig, denn auch sie würden nach ein paar weiteren Trabschritten in den Galopp wechseln. Mark und Vic würden schon dafür sorgen, dass die Abstände eingehalten wurden.

Auf Cindys Signal hin wechselte Storm in einen Galopp. „Langsam, langsam, mein Junge ... das ist kein Derby!", sagte Cindy, aber sie genoss es natürlich, dass der Hengst so eifrig anzog. Sie verlagerte ihr Gewicht im Sattel und verkürzte die Zügel. Cindy war voll damit beschäftigt, den Hengst daran zu hindern, in gestrecktem Galopp über die Bahn zu preschen.

Sie hörte das Donnern von Hufen hinter sich und schaute kurz nach hinten. Die beiden anderen Jährlinge waren außer Kontrolle geraten und stoben die Bahn entlang! Zu Cindys Entsetzen kamen beide rasend schnell auf sie zugestürmt, Secret Silence auf der Innen- und Crimean Summer auf der Außenseite. Ich hätte mit Storm mehr Abstand halten sollen, sorgte sich Cindy, jetzt sind wir eingeschlossen. Sie werden in uns hineinkrachen!

Cindy erkannte, wie Mark und Vic verzweifelt versuchten, die Jährlinge wieder in den Griff zu bekommen, aber bei den leichten Gebissen, die man für die Ausbildung verwendete, war das sehr schwierig. Secret Silence prallte mit der Schulter gegen Storms Hinterhand, und der Graue geriet ins Wanken. Cindy kämpfte heftig darum, im Sattel zu bleiben. Sie fragte sich, wie Storm auf diesen Stoß wohl reagieren würde, er konnte vor Angst durchdrehen. Und auch Crimean Summer war jetzt dicht hinter ihnen und berührte Storm an der anderen Seite.

Storm schien es den anderen Pferden heimzuzahlen zu wollen. Er beäugte sie mit zurückgelegten Ohren.

„Nein, mein Junge, wir sind nicht hier, um zu kämpfen!", rief Cindy und kauerte sich über den Nacken des jungen Hengstes.

Cindy gab die Zügel leicht nach, um die komplizierte Situation etwas zu entzerren. Sie wusste zwar, dass ihre Entscheidung riskant war und Storm auf und davon stürmen konnte und dann drei Jährlinge wild umherjagen würden statt zwei.

Fröhlich schnaubend entfernte sich Storm von der braunen Stute und dem schwarzen Hengst. Er ging in einen ausgeglichenen Galopp über. Cindy warf einen Blick über die Schulter und bekam mit, dass auch Secret Silence sich wieder gefangen hatte und mehr zur Innenseite schwenkte. Vic war es schließlich gelungen, Crimean Summer abzustoppen, indem er ihn auf die Bande zugelenkt hatte.

„Wir haben es geschafft, Storm!", rief Cindy dem Hengst zu. Sie entspannte sich im Sattel und genoss den frischen Morgenwind, der ihr ins Gesicht schlug, und die kraftvollen gleichmäßigen Bewegungen des großen Hengstes unter sich. Die Sonne stand jetzt schon weiter oben am Himmel, warf ein helles Licht auf die Reitbahn und ließ Storms dunkelgraues Fell glänzen. Es war ein wunderschöner Tag, und Storm war ein wirklich tolles Pferd, sagte sich Cindy.

Storm schwenkte ein wenig in Richtung Bande. Er schien Cindy testen zu wollen, wie weit sie ihm seinen Willen lassen würde, und Cindy hatte das Gefühl, dass dem sonst recht folgsamen Hengst der Unterricht zu langweilen begann. Er wollte tun, wozu er geboren und erzogen worden war – so schnell wie möglich zu laufen.

„Warte nur ab, mein Junge", tröstete Cindy den jungen Hengst, als sie ihn wieder gerade ausrichtete. „Du hast das ganz wunderbar gemacht, und in ein paar Tagen dürfen wir auch schneller galoppieren. Dann werden wir wirklich sehen, was du leisten kannst."

* * * * *

„Hast du versucht, beim Reiten die Steigbügel auf Höhe des Fußballens zu bringen?", fragte Cindy Laura am Mittag in der Cafeteria. Cindy stellte ihre Lunchtüte neben Lauras Tablett. Heather und Melissa setzten ihre Tabletts auf dem Tisch neben ihnen ab.

„Ja, ich habe die Steigbügel angepasst." Laura klang aufgeregt. „Und weißt du was? Zuerst hatte ich nicht daran gedacht, als ich heute Morgen Angel Wings geritten habe. Er hatte den Kopf unten und zerrte an den Zügeln, als ich mit ihm galoppierte. Aber dann habe ich die Steigbügel verändert und konnte ihn tatsächlich in einen versammelten Galopp durchparieren. Meine Balance muss sich ganz enorm verbessert haben."

„He, das ist gut." Cindy freute sich, dass sie Laura bei ihren Reitproblemen hatte helfen können. Aber sie war ein wenig über sich selbst überrascht, dass sie anscheinend schon so viel von

Pferden verstand, um anderen gute Tipps geben zu können. Sie ritt schließlich erst seit einem Jahr.

„Wie läuft denn dein Training mit Storm?", erkundigte sich Max, der sich zwischen Cindy und Sharon setzte.

Cindy strahlte und erzählte von ihrem morgendlichen Training mit Storm's Ransom. „Er hat sich echt gut verhalten, ganz anders als die beiden anderen Pferde. Und daher glaube ich, dass ich ihn in ein paar Tagen endlich richtig laufen lassen kann", sagte sie.

„Super, Cindy. Das ist ja absolut aufregend. Was kann es Schöneres geben, als selbst ein Pferd trainieren zu können?", fragte Sharon und seufzte.

„Ich habe auch eine aufregende Neuigkeit", verkündete Heather. „Ich darf mit Cindy zum Breeders' Cup fahren!"

„Das ist ja toll, Heather." Max klang fast genauso begeistert wie sie. „Und darfst du Cindy dann auch helfen, die Pferde von Whitebrook zu versorgen?"

„Das würde ich gern tun." Heather schaute Cindy fragend an.

„Na klar", sagte Cindy. „Du kannst mir auch dabei helfen, Glory zum Sattelplatz zu bringen, wenn du möchtest."

„Machst du Witze?" Heather lachte. „Ich soll ein Pferd herumführen, das im Classic antritt? Das würde ich liebend gern tun. Ich fühle mich bereits wie ein Star."

„Manche Leute haben eben immer Glück", meinte Melissa. „Ich werde auch mit meiner Familie zum Breeders' Cup fahren, aber nur als Zuschauer. Wir haben in diesem Jahr kein Pferd, das in einem der Rennen an den Start geht."

„Eines werde ich auf jeden Fall in Belmont machen, außer Cindy bei den Pferden zu helfen. Ich werde Glory zeichnen, wie er gewinnt", erklärte Heather entschlossen. „Schon vor langer Zeit habe ich mir vorgenommen, das zu tun, und in diesem Jahr werde ich es machen."

„Bist du denn so sicher, dass Glory gewinnt? Shining tritt doch auch im Classic an, oder etwa nicht?", fragte Laura Cindy.

Cindy schaute auf ihre Hände hinab, um Lauras Blick auszuweichen. „Ich weiß es nicht", antwortete sie.

„Aber wieso weißt du das nicht?", rief Sharon. „Beide Pferde kommen doch von eurem Gestüt, und das Rennen ist schon in fünf Tagen …"

Die Glocke läutete, und Cindy sprang zusammen mit den anderen Kids im überfüllten Essensraum von ihrem Platz auf. Sie war froh, dass es Zeit war, wieder in die Klasse zu gehen. Jetzt würde sie Sharon keine Antwort mehr geben müssen. Mit brennendem Gesicht lief Cindy hinaus in den Gang.

„Viel Glück für das Classic", wünschte ihr Max, der sie eingeholt hatte.

„Danke." Cindy lächelte. „Ich glaube, jedes Mal, wenn du mir Glück gewünscht hast, hat Glory sein Rennen gewonnen."

„Dann sollte ich das wohl auch weiterhin tun. Wofür sind denn Freunde da?" Max lächelte sie an. „Müssen sie nicht gegenseitig ihren Pferden Glück wünschen?"

„Ja." Cindy fühlte, wie das Lächeln aus ihrem Gesicht wich. Sie hatte immer gedacht, dass man das tatsächlich von Freunden erwarten konnte, dachte sie, während sie sich an ihren Platz setzte. Aber sie war sich nicht sicher, was am Samstag passieren würde, wenn Shining und Glory im gleichen Rennen starteten. Sie wusste, dass sich Samantha inzwischen entschieden haben musste, für welches Rennen im Breeders' Cup sie Shining meldete, denn der Anmeldetermin war verstrichen. Aber sie hatte Cindy ihre Entscheidung nicht verraten und war bereits vor zwei Tagen zur Rennbahn aufgebrochen. Ich weiß wirklich nicht, ob ich mich über Shinings Sieg freuen werde, wenn die junge Stute Glory schlägt, seufzte Cindy.

* * * * *

An diesem Abend suchte Cindy die Gesellschaft von Aileen, die im Trainingsstall war. Cindy ertrug es nicht länger, im Unklaren darüber zu sein, in welchem Rennen Shining antreten würde. Sie vermutete, dass Aileen es wusste.

Aileen ging mit festen Schritten und einem vollen Futtereimer für Crimean Summer die Stallgasse entlang. Auch die Schwangerschaft schien Aileen kein bisschen ruhiger gemacht zu haben, dachte Cindy.

„Aileen?", sprach Cindy sie an. „Kann ich dich etwas fragen?"

„Nur eine Sekunde." Aileen leerte das Futter in Crimeans Box und schob sanft die gierige Nase des Hengstes weg. „Ja, Cindy, was ist?", frage sie, als sie zurückging zur Futterkammer.

Cindy rieb sich nervös die Hände. Wie sollte sie die Frage formulieren, ohne sich zu blamieren? überlegte sie. „Wird Shining im Classic starten?", brach es schließlich aus ihr heraus.

Aileen hielt inne, Getreide in den Eimer zu füllen. Sie schaute mit gerunzelten Augenbrauen zu Cindy hoch. „Du weißt das immer noch nicht? Warum hat Sammy es dir nicht erzählt?"

„Wahrscheinlich, weil ..." Cindy zögerte. „Ich weiß nicht, warum sie es mir nicht gesagt hat. Aber hat sie es dir verraten?"

Aileen zögerte. Dann schüttelte sie den Kopf. „Du solltest mit Sammy darüber sprechen", erklärte sie mit fester Stimme und schaufelte weiter Hafer in den Eimer für Secret Silence. Sie hob den Eimer hoch und ging wieder die Stallgasse hinunter.

Cindy lief ihr nach. „Aber Sammy ist doch schon zur Rennbahn gefahren", sagte sie verzweifelt.

„Ruf sie doch an!", rief Aileen ihr über die Schulter zu.

Das schaffe ich einfach nicht, sagte sich Cindy. Sie setzte sich auf einen Heuballen vor Storms Box. Was sollte sie denn Sammy sagen, wenn sie anrief, überlegte Cindy. „Ich hoffe, dass du Shining nicht für das Classic gemeldet hast, weil ich will, dass mein Pferd gewinnt." Das klang so selbstsüchtig. Aber sie war jetzt egoistisch, das musste sie sich selbst eingestehen.

Sie stand auf und schaute hinein zu Storm. Der dunkle Graue fraß mit Genuss, zupfte das beste grüne Gras aus dem Netz und warf einzelne Halme fröhlich durch die Box. Trotz ihrer Sorgen musste Cindy über den vergnügten Hengst unwillkürlich lächeln. „Dir scheint es ja gut zu schmecken, was?", sagte sie.

Storm rollte mit den Augen und fasste erneut zu. „Ich glaube, für mich wird's jetzt auch Zeit, zum Abendessen zu gehen", meinte Cindy. „Und ich wette, das schmeckt genauso gut wie deines." Beth hatte angekündigt, dass sie einen Auflauf mit Kalbfleisch und Nudeln machen würde, dazu würde es noch Salat geben, aber Cindy hatte eigentlich gar keinen Hunger.

Sie sollte wirklich Sammy anrufen, überlegte Cindy. Aber es war schwer, über solch ernste Dinge am Telefon zu sprechen, seufzte sie, während sie zum Haus zurückkehrte. Außerdem war es jetzt wahrscheinlich schon zu spät, sich wirklich ehrlich auszusprechen. Sie hätte schon vor Wochen mit Sammy darüber reden sollen.

Die Nacht war klar, und die Sterne leuchteten hell in der kalten Herbstluft. Cindy steckte die Hände in die Jackentaschen, um sie zu wärmen. „Die Situation ist einfach verfahren", murmelte sie. „Was ist, wenn ich bis zum Renntag nicht herausfinden kann, wer gegen Glory im Classic antritt? Schließlich wird das der wichtigste Tag in seinem Leben."

Kapitel 10

„Ich bin froh, dass Butterball sich durch diesen Sturz im Turnier nicht verletzt hat", freute sich Cindy, als sie und Heather am Mittwoch die Reithalle der Nelsons betraten. Sie wollten Mandy bei ihrem Springtraining zuschauen. Cindy wusste, dass sie dafür wertvolle Zeit opferte, die sie eigentlich für ihre Pflichten auf Whitebrook gebraucht hätte, aber sie war der Meinung, dass Mandy jetzt etwas Aufmunterung brauchte. Das kleine Mädchen schien noch immer ganz durcheinander nach ihrem Sturz beim Turnier am Samstag.

„Butterball geht's gut, aber Mandy, glaube ich, hat sich noch nicht ganz erholt." Heather klang ein wenig besorgt. „Als ich Tor gefragt habe, wann ich heute zu meinem Unterricht kommen soll, hat er mir erzählt, dass Mandy sehr deprimiert zu sein scheint."

„Ich habe gestern mit ihr telefoniert, da hab ich auch gemerkt, dass irgendetwas nicht in Ordnung ist."

„Hallo, alle miteinander." Tor winkte ihnen von der anderen Seite des Rings zu. „Weiß jemand von euch, was mit Mandy los ist?", fragte er, während er ein Kreuz hinter sich in die Mitte des Rings zog. „Ich weiß natürlich, es hat etwas mit ihrem Sturz beim Turnier zu tun, aber wenn ich nicht genau herausfinde, was sie belastet, weiß ich nicht, wie ich für sie einen Parcours aufstellen soll."

„Was meinst du damit?"

„Mandy weigert sich, über Hindernisse zu springen, die höher sind als sechzig Zentimeter – jedenfalls hat sie sich gestern geweigert", erklärte Tor. „Sie hat gemeint, sie fühle sich einfach nicht danach, höher zu springen."

„Das war ja auch wirklich ein böser Sturz", sagte Heather. „Sie hatte Glück, dass weder sie noch Butterball verletzt wurden. Vielleicht hat sie noch einen Schock."

„Ich wünschte, ich hätte bei ihr sein können." Tor klang sehr besorgt. „Wenn ich letzten Samstag nicht in einem anderen Turnier geritten wäre, wäre ich natürlich gekommen."

„Mandy ist doch aber auch schon mal schlimm gestürzt, als sie gerade mit dem Springen anfing", erinnerte sich Cindy. „Damals hätte sie das Reiten fast gleich wieder aufgegeben."

Tor nickte. „Und du hast es geschafft, sie davon zu überzeugen, doch weiterzumachen. Mandy muss lernen, mit solchen Situationen fertig zu werden. Niemand fällt gern vom Pferd, aber wenn sie ein Profi werden will, muss sie in Kauf nehmen, dass es eben manchmal zu Stürzen kommt. Es tut weh, aber es passiert halt einfach."

Cindy schüttelte den Kopf. „Ich glaube nicht, dass das ihr Problem ist. Mandy fürchtet sich eigentlich vor überhaupt nichts."

„Ja, da hast du vermutlich Recht", stimmte ihr Tor zu. „Wenn Mandy ein Angsthase wäre, hätte sie es mit ihren Beinschienen nicht so weit gebracht.

Cindy stieß Heather an. „Da kommt sie ja." Mandy stand in der Toröffnung. Sie winkte und kam auf sie zu.

Cindy runzelte die Stirn. In ihren gestärkten Reithosen und den polierten schwarzen Reitstiefeln sah Mandy aus wie immer. Aber ihr Gesicht wirkte düster, und sie ging schwer und ein wenig ungeschickt mit ihren Metallschienen.

„Heute fällt mir eigentlich zum ersten Mal auf, dass Mandy Stützen trägt ... ich meine, seit ich sie besser kenne", flüsterte Cindy ihrer Freundin zu. „Sie sieht ziemlich unglücklich aus."

„Ja, das stimmt." Heather sah besorgt drein.

Butterball folgte Mandy in flottem Schritt und verfiel sogar gelegentlich in einen leichten Trab. Er schien sich zu freuen, dass er wieder Bewegung bekam, aber Mandy schaute recht lustlos drein.

Warum verhält sich Mandy nur so?, fragte sich Cindy. Als Mandy damals bei Tor so schwer gestürzt war, hatte sie das Springreiten aufgeben wollen, weil sie dachte, dass sie niemals gut sein würde. Aber nach all ihren Erfolgen in der letzten Zeit konnte es Mandy doch nicht so viel ausmachen, einmal ein Turnier zu verlieren. Cindy hatte gedacht, dass Mandy alle Selbstzweifel längst überwunden hatte.

„Hallo, alle miteinander." Mandys Stimme klang merkwürdig belegt, fand Cindy.

„Hallo." Cindy studierte Mandys Gesicht. Sie bemerkte, dass Mandy ihr bei der Begrüßung nicht in die Augen sah.

Tor deutete in die Arena. Cindy sah, dass er nur fünf Standardhürden aufgebaut und die Kreuze zur Seite gestellt hatte. „Was soll ich für dich aufstellen?", fragte er Mandy.

„Ich möchte nicht über Hindernisse springen, die höher als sechzig Zentimeter sind." Mandy griff nach Butterballs Zügeln.

„Warum?", erkundigte sich Tor vorsichtig. „Was willst du damit erreichen? Du wirst keine Fortschritte machen, wenn du immer nur in derselben Höhe springst wie letztes Jahr."

„Aber mehr will ich im Moment nicht", widersprach Mandy eigensinnig und verschränkte die Arme vor der Brust.

„Also gut", erwiderte Tor seufzend. „Vielleicht sollten wir uns heute auf die Körperbeherrschung konzentrieren. Erst am Montag haben wir mit den beiden sechzig Zentimeter Hindernissen geübt. Ich sehe keinen Sinn darin, das Gleiche zu wiederholen. Also lassen wir die Sprünge heute einmal beiseite."

Mandy zögerte und schaute hinüber zu den Hindernissen. „Sie sehen so leer aus ohne die gekreuzten Stangen", seufzte sie traurig.

Sie wirkten wirklich ziemlich mickrig, dachte Cindy, eher wie Pfosten mit Löchern dazwischen. Cindy hätte am liebsten selbst die Hindernisse zusammengebaut, damit der Parcours ordentlicher aussäh. „Was ist denn los, Mandy?", fragte Cindy.

Mandy zuckte mit den Schultern und vergrub die Finger in Butterballs weichem Fell.

„Du kannst ruhig mit uns darüber sprechen", drängte Tor. „Das ist die einzige Möglichkeit, wie du die Situation verarbeiten kannst, Mandy."

Einen Augenblick lang dachte Cindy, dass das kleine Mädchen ihnen keine Antwort geben würde. Doch dann schaute sie wieder hinüber zu den Hindernissen und schien gleich in Tränen auszubrechen. „Ich habe mich bei dem Turnier nicht richtig verhalten", brach es aus ihr heraus. „Ich hätte nicht weiterspringen dürfen, als Butter das Hufeisen verlor. Ich hätte gleich aus dem Parcours reiten müssen, selbst wenn wir deswegen disqualifiziert worden wären. Ich wusste, dass er stürzen konnte, weil ihm das Hufeisen fehlte."

„Du gehst ziemlich hart mit dir ins Gericht", meinte Tor. „Du hast doch auch gesagt, dass der Boden etwas glitschig war. Gut, dein Pferd hat ein Hufeisen verloren. Vielleicht hättest du tatsächlich das Springen abbrechen sollen, aber du hast schließlich all deine Erfahrung und deine Intuition eingesetzt und dich entschlossen, weiterzumachen."

„Aber jetzt weiß ich, dass das falsch war. Butter hätte sich verletzen können." Mandy klang völlig niedergeschlagen.

„Es ist ihm aber nichts passiert", mischte sich Cindy ein. Nun verstand sie ein wenig besser, was ihre Freundin beschäftigte. Cindy erinnerte sich, wie sie selbst sich gefühlt hatte nach dem tragischen Unfall von Princess auf der Bahn. Sie hatte schreckliche Angst gehabt, dass Glory sich ebenfalls verletzen könnte. „Butter ist klug und zäh, Mandy. Deswegen habt ihr beide auch so gut abgeschnitten."

„Butterball will springen", erinnerte Heather sie. Das kleine Pony stand neben Mandy und stampfte heftig mit den Vorderbeinen auf. Offensichtlich schien es nicht zu verstehen, warum sie sich so lange unterhalten mussten.

„Aber ich fühle mich auch noch aus einem anderen Grund elend." Mandy ließ den Kopf hängen. „Ich war gemein zu euch, obwohl ihr wirklich versucht habt, mich aufzumuntern, nachdem ich gestürzt war." Mandy seufzte. „Das war einfach unmöglich von mir."

„Wir haben verstanden, wie du dich fühlst", beruhigte Cindy sie. „Mach dir deswegen keine Sorgen."

„Du warst einfach aufgeregt", fügte Heather hinzu. „An deiner Stelle hätten wir genauso reagiert, wenn wir nach einer so tollen Runde, wie du sie hingelegt hast, dann noch verloren hätten."

„Ja, wir waren gut, bis ich diesen Fehler gemacht habe."

„Mandy, sei nicht so hart zu dir selbst." Tor schüttelte den Kopf. „Gut, du hast einen Fehler gemacht, aber du hast auch etwas daraus gelernt. Du wirst noch öfter Fehler machen, wenn du mit dem Springen und mit den Turnieren weitermachst. Und je mehr Erfahrung du gewinnst, desto weniger Fehler werden dir in Zukunft unterlaufen. Und desto erfolgreicher wirst du werden. Und es ist doch jetzt gar nichts passiert."

Ein schwaches Lächeln huschte über Mandys Gesicht. „Das stimmt", gab sie zu. „Ich will auch weiterhin springen. Mir macht das so großen Spaß. Aber ich darf nicht vergessen, dass ich gut auf Butter aufpassen muss."

„Das wirst du schon nicht", beruhigte Cindy sie schnell.

„Also, Mandy, wie hoch soll ich jetzt die Hindernisse setzen?", fragte Tor und lächelte.

Mandy schien zuerst gar nicht zu reagieren. „Oh, ungefähr drei Meter hoch", erwiderte sie schließlich und strahlte Tor vergnügt an.

Cindy spürte, wie erleichtert sie war. Das klang schon viel eher nach jener Mandy, die sie kannte.

„Wie wär's, wenn wir mit fünfundsiebzig Zentimetern anfangen und dann auf neunzig erhöhen?", fragte Tor.

Mandy nickte kurz und saß mit erstaunlicher Leichtigkeit auf. Cindy erstaunte es jedes Mal, wenn sie sah, wie geschickt Mandy ihr Bein mit den Metallschienen über den Rücken des Ponys schwang.

„Ich hoffe, dass das Training heute gut läuft", sagte Heather, als Mandy wegritt. „Wenn nicht, verliert sie vielleicht nochmal ihr Selbstvertrauen."

„Das wird schon klappen." Cindy war zuversichtlich, dass Mandy alles gelang, was sie sich vornahm.

Tor stellte einen Parcours mit sechs Hindernissen auf, eine Mischung aus verschiedenen Sprungelementen, einer Hecke, einer Mauer und den üblichen Kreuzen und Oxern. Es war kein einfacher Parcours, stellte Cindy fest. Tor schonte Mandy nicht, nur weil sie gestürzt war.

„Du kannst jetzt anfangen, Mandy!", rief Tor.

Mandy hüpfte mit Butterball über die beiden niedrigen Kreuze, die Tor für sie zum Aufwärmen aufgestellt hatte. Dann dirigierte sie das Pferd zum ersten Hindernis. Es war eine Mauer-Imitation mit rot-weiß bemalten Ziegeln. Das Hindernis sah sehr beeindruckend aus, aber Mandy und Butterball übersprangen es begeistert.

„Seht mal, er hat auch ein Gatter aufgestellt", sagte Cindy und deutete nach vorn. „Das ist ungefähr genauso hoch wie das beim Turnier."

„Oh, nein!", stöhnte Heather. „Ich glaube, Mandy sollte heute noch nicht versuchen, über solch ein Gatter zu springen. Ich glaube, Tor weiß gar nicht, dass es ein solches Hindernis war, an dem sie gestürzt ist."

„Ich wette, dass er es weiß." Tor wollte Mandy bestimmt darüber springen lassen, um ihr die Angst zu nehmen. Damit sie wieder nach vorn schauen konnte, überlegte Cindy.

„Möglich, dass Cindy heute nicht die gleichen Probleme mit dem Gatter hat, der Untergrund ist ja nicht glitschig." Heather klang aber nicht sonderlich überzeugt.

„Ja, und sie muss auch nicht gegen andere antreten", fügte Cindy hinzu. Aber dennoch ballte sie vor Anspannung die Hände zu Fäusten, als Mandy das Gatter anritt. Es bedeutete ihr sehr viel, dass ihre Freundin dieses Hindernis gut nahm.

Butterball galoppierte jetzt auf das Hindernis zu. Mandy verkürzte die Zügel etwas, um seine Schrittlänge anzupassen und den richtigen Absprungpunkt zu treffen.

„Sie bremst ihn etwas zu sehr", flüsterte Heather. „Es scheint fast so, als wollte sie gar nicht, dass Butterball drüberspringt."

„Aber natürlich will sie das." Cindy starrte angespannt in den Ring.

Einen Augenblick zögerte Butterball, nur einige Schritte vom Hindernis entfernt. Cindy konnte förmlich Mandys Unentschlossenheit spüren. Doch dann versammelte sich das kleine Pony und sprang ab. Butterball flog hoch durch die Luft, landete glatt auf der anderen Seite und galoppierte weiter.

„Bist ein guter Junge, Butter!" Mandys lobende Worte hallten in der riesigen hohen Halle wieder. „Ein toller Sprung!"

„Der Sprung war wirklich toll", murmelte Cindy. Mandy war so gut, fand sie, dass sie manchmal ganz vergaß, dass Mandy noch ein kleines Mädchen war und Butterball nur ein Pony.

„Okay, lass ihn ein paar Minuten ausruhen, Mandy, dann macht ihr den gesamten Parcours noch einmal!", rief Tor. Er kam herüber zu Heather und Cindy. „Was habt ihr Mandy für Zaubersprüche mit auf den Weg gegeben?", fragte er und lachte.

„Das war keine Zauberei", widersprach Cindy. „Wir haben ihr nur unser Mitgefühl ausgedrückt."

„Na, auf euch beide hört sie wohl eher als auf mich." Tor sah nachdenklich aus.

Das liegt daran, weil ich eben weiß, wie ihr zumute war, hätte ihm Cindy am liebsten erwidert. Aber das Gleiche könnte ich auch zu mir selbst sagen wegen Glory, erkannte Cindy und spürte, wie sich ihr Magen verkrampfte. Sie hatte auch immer nur daran gedacht, wie wunderbar es sein würde, wenn Glory das Classic-Rennen beim Breeders' Cup gewann und in die Geschichte einging. Aber dieser Sieg hatte nicht mehr die geringste Bedeutung, wenn er sich verletzen würde. Und was war, wenn Sammy nie wieder mit ihr redete? Cindy schauderte.

„Schau dir Mandy an", sagte Heather bewundernd. „Das macht richtig Lust, selbst mit dem Springen anzufangen. Das scheint ja wirklich großen Spaß zu machen."

Cindy nickte stumm. Sie hatte das Gefühl, dass für sie auf Whitebrook einiges weniger lustig war. Mandy hatte sich dafür entschuldigt, dass sie zu ihren Freundinnen grob gewesen war. Aber Cindy hatte noch immer nicht mit Samantha wegen Glory und Shining gesprochen.

„Wenn ich zum Turnier fahre, werde ich als erstes mit Samantha sprechen", sagte sie zu Heather.

Heather nickte verständnisvoll. „Ich glaube, das solltest du tun. Dann fühlst du dich bestimmt gleich besser."

„Ich werde ihr sagen, dass es okay ist für mich, wenn sie mit Shining im Classic antritt. Und dass ich auch keine Probleme damit haben werde, falls Shining gewinnt."

„Ich hoffe nur, du meinst das auch ernst", erwiderte Heather.

* * * * *

„Okay, Storm, heute ist ein großer Tag für dich – wir werden dich zum ersten Mal zusammen mit anderen Pferden länger galoppieren lassen." Cindy blickte zwischen den dunkelgrauen Ohren des Junghengstes hindurch, als sie mit ihm auf den Eingang zur Bahn zuritt.

Am Vortag war es sehr kalt geworden. Storm wölbte seinen Hals und schnaubte, sein Atem hing weiß in der bitterkalten Morgenluft. Storms federnder Gang und sein neugieriger Blick zeigten Cindy, dass das Pferd ganz genau wusste, das heute etwas Wichtiges passierte. „Diese Trainingsstunde soll etwas ganz Besonderes werden, okay?", sagte sie zu dem Pferd. „Es wird auch unsere letzte sein für einige Zeit. Morgen muss ich zurück nach Belmont, zu Glory."

Eines von Storms kleinen, eleganten Ohren sprang hoch, während er der vertrauten Stimme lauschte.

Cindy sagte sich immer wieder, dass sie von diesem Tag nicht zu viel erwarten sollte. Storm war noch immer sehr jung, und eine einzige Trainingseinheit war nicht entscheidend für die Karriere eines Rennpferdes – es sei denn, es passierte eine Katastrophe. Trotzdem hoffte sie, dass der junge Hengst seinem Publikum eine eindrucksvolle Leistung bieten würde: Aileen und Mike standen nämlich an der Bande, und auch die beiden anderen Jährlinge, Secret Silence und Crimean Summer, waren da; sie wurden von Mark und Vic geritten. Die beiden Reiter bemühten sich, genügend Abstand zwischen den Pferden zu halten und ließen sie auch nur traben.

„Lass ihn heute über eine Meile galoppieren. Aber nur langsam, Cindy. Und natürlich erst nach dem Aufwärmen", instruierte Aileen sie. „Und ich meine wirklich langsam. Er soll nicht lospreschen, das könnte schlimme Folgen haben. Fang beim Pfosten für die Viertelmeile mit dem Galopp an."

Cindy nickte, schnalzte mit der Zunge und lenkte Storm auf die Bahn. Von den Übungsritten in den vergangenen Monaten wusste Cindy, welche Energie in dem jungen Hengst schlummerte. Sie würde während des Ritts ständig darauf achten müssen, ihn unter Kontrolle zu behalten. Selbst ein so gefügiges Pferd wie Storm hatte seine Stimmungen, Cindy musste aufmerksam seine Reaktionen im Blick behalten, um schnell reagieren zu können.

Zum Aufwärmen lenkte sie Storm an die Außenseite der Bahn, wo normalerweise die langsameren Pferde liefen, um Kollisionen zu vermeiden. Storms Hufe knirschten auf der dünnen Eisschicht, die den Boden bedeckte. Ein kalter scharfer Wind ließ Cindy leicht frösteln, und sie spürte, dass ihre Fingerspitzen fast taub waren, als sie Storm im Schritt und im Trab gründlich aufwärmte.

Beim Pfosten für die Viertelmeile kauerte sie sich schließlich dicht über Storms Hals, presste ihr Gesicht tief in das graphitgraue Fell und gab ihm das Zeichen, schneller zu werden. Storm stürmte vorwärts, seine Galoppsprünge blieben gleichmäßig, während er mühelos dahinstob, als habe er in seinem ganzen Leben nichts anderes getan, als über die Rennbahn zu laufen. Er tut das, wofür er geboren ist, erkannte Cindy. Und er tat es mit absoluter Perfektion!

Cindy hörte das dumpfe Trommeln von Hufen hinter sich. Sie warf einen Blick über die Schulter und sah Mark auf Secret

Silence näher kommen. Cindys Herz klopfte schneller vor Angst. Sie überlegte, ob die Stute wieder in sie hineinlaufen wollte oder vielleicht wieder durchging, wie vor zwei Tagen.

„Alles in Ordnung!", hörte Cindy Aileen rufen. „Storm muss lernen, wie es ist, mit anderen Pferden auf der Bahn zu sein. Aber achte auf seine Geschwindigkeit!"

Auch wenn Silence ihnen Probleme bereiten würde, mussten Storm und sie lernen, damit fertig zu werden, erkannte Cindy. Aber sie waren so schnell! Es konnte ernsthafte Verletzungen geben, wenn jemand in sie hineinkrachte.

Secret Silence schloss auf der Außenseite zu ihnen auf, dann überholte sie den Grauen langsam. „Ist bei dir alles in Ordnung, Cindy?", rief Mark besorgt.

„Ja!", rief Cindy zurück. Der kalte Wind riss ihr die Worte aus dem Mund.

Einen Augenblick später merkte sie, dass das ein wenig voreilig gewesen war. Storm begann zu zittern. Entweder wurde ihm ihre Nervosität bewusst oder der Anblick des anderen Pferdes vor sich war zu viel für ihn. Im Bruchteil einer Sekunde zerrte er am Gebiss, schoss über die Bahn und ließ Secret Silence im Staub hinter sich zurück.

Jetzt nur nicht in Panik geraten!, befahl sich Cindy. Aber sie bekam es jetzt wirklich mit der Angst zu tun, als der Hengst sein Tempo noch weiter steigerte. Sie hatte viel mehr Angst um Storm als um sich. Wenn er diese Geschwindigkeit beibehielt, konnte er seine jungen Muskeln, seine Gelenke und Sehnen und seine Knochen ernsthaft schädigen. Wenn er sich eine Sehne zerrte, könnte seine Rennkarriere beendet sein, bevor sie überhaupt begann.

„Storm, halt!", schrie Cindy und verkürzte die Zügel. „Das darfst du nicht!"

Und auf wundersame Weise schien der Hengst ihren Worten zu folgen. Er legte die Ohren zurück und verlangsamte seine Schritte etwas.

„Guter Junge", lobte Cindy. Ihre Arme fühlten sich wie Gummi an, und ihre Knie waren ein wenig schwach, aber das war es wert. Storm verhielt sich wie ein echter Champion.

Der Hengst ging in einen rhythmischen Galopp über, zerrte aber noch immer leicht an den Zügeln. Die eisige Kälte schmerzte Cindy auf der Haut, aber sie war überglücklich. Storm war ein echtes Rennpferd. Er wollte laufen und sie auch.

Natürlich wusste Cindy, dass sie das zumindest am heutigen Tag nicht durften. Cindy dirigierte Storm auf die Bande zu, und er reagierte auf den leisesten Schenkeldruck. Plötzlich überkam Cindy ein Gefühl der absoluten Sicherheit auf dem jungen Hengst. Genau so musste man sich als Jockey fühlen, überlegte sie. Es war das schönste Gefühl auf der Welt.

Ähnliche Empfindungen hatte sie auch mit Glory gehabt, nicht nur auf der Bahn, sondern auch auf allen Wegen, erkannte Cindy. Es war dasselbe wunderbare Gefühl des Einsseins mit dem Pferd. Sie wusste ganz genau, was er tat und was er fühlte.

Storm versuchte noch immer, seinen Kopf durchzusetzen. Er bog den Hals ein wenig zur Seite und rollte mit den Augen, um sie anzuschauen.

„Ich weiß, dass du losrennen möchtest, aber heute geht das nicht, mein Junge", tröstete ihn Cindy. „Du musst geduldig sein. Ich glaube nicht, dass wir noch vor November in den Renngalopp gehen können. Aber bis dahin sind es ja nur noch vier Wochen."

Storm schüttelte den Kopf, er war wohl mit Cindys Einschränkungen nicht einverstanden, aber er fügte sich und beendete die Runde um die Bahn in einem versammelten Galopp.

„Sehr schön", lautete Aileens Urteil, als Cindy zu ihr hinüberritt. „Einen Augenblick lang war es knapp, aber du hast ihn gut im Griff behalten."

„Das war eine sehr gute Übung für ihn", fügte Mike hinzu. „Je früher er sich daran gewöhnt, mit anderen zu rennen, umso besser für ihn."

„Bestimmt", erwiderte Cindy und stieg ab. Sie erinnerte sich an Glorys schwierigen Auftritt im Gold Cup, als die anderen Pferde ihm zu nahe kamen und ihn sogar rammten. Wenn Glory damals in Panik geraten wäre, hätte er verloren. Nun konnte sie sich ungefähr vorstellen, was Felipe und Glory da draußen auf der Bahn mitgemacht hatten.

Aileen schaute sich Storm genauestens an. Cindy war überzeugt, dass der jungen Trainerin nicht die geringste Kleinigkeit entging, angefangen von Storms muskulösem Hals, den kräftigen Schultern und der Hinterhand, deren Muskeln sich unter seinem glänzenden grauen Fell abzeichneten. „Hohes Tempo gibt's schon lange in seinem Stammbaum", meinte Aileen nachdenklich. „Aber nichts in der Familie seiner Mutter oder seines Vaters weist auf ein außerordentliches Durchhaltevermögen hin. Wir müssen abwarten, wie er sich entwickelt. Und ob er später einmal ungewöhnlich schnell sein wird, ist auch nicht unbedingt sicher – das kann man jetzt noch gar nicht beurteilen. Ein Pferd zu kaufen, das noch keine Rennen gelaufen ist, ist immer ein Risiko."

„Denkst du etwa, dass Storm nicht gut laufen wird?", fragte Cindy unsicher. Sie fragte sich, ob ihr Training Aileen vielleicht nicht gefallen hatte. „Ich glaube, er kann wirklich ziemlich schnell laufen", wagte sie sich vor.

Aileen lächelte. „Ja, das glaube ich auch", stimmte sie zu.

* * * * *

Am Abend dieses Tages holte Cindy ihren Koffer hervor, um ihre Sachen für die Reise zum Breeders' Cup zu packen. Sie freute sich unbändig darauf, Glory bald wieder zu sehen.

Cindy nahm von ihrem Nachttisch das exquisite Silberarmband, das Ben Cavell, Glorys erster Trainer, ihr geschenkt hatte, und hielt es an ihr Handgelenk. Das Armband war ihr Talisman. Cindy starrte hinab auf die kleinen silbernen Pferde, die so aussahen, als würden sie gleich um ihr Handgelenk sprinten.

„Cindy!", rief Beth von unten. „Telefon für dich!"

Cindy schüttelte den Kopf, sie war so vertieft gewesen in ihre Träumereien, dass sie nicht einmal das Telefon gehört hatte. Schnell lief sie hinunter und nahm den Hörer auf.

„Hallo?"

„Hallo, ich bin es." Es war Heather. „Was packst du denn ein für die Rennbahn?"

„Nicht viel, wir sind ja nur drei Tage da. Aber nimm auf jeden Fall etwas Hübsches mit. Falls eines unserer Pferde gewinnt, sind wir vielleicht im Fernsehen zu sehen, wenn wir im Siegerkreis stehen."

„Oh, ja, mach ich", antwortete Heather ernst.

„Aber vielleicht ist es doch nicht so toll, in der Nähe von Pferden was Schönes zu tragen. Bei Glorys erstem Rennen hatte ich etwas ganz Tolles an, aber dann hat er sich geschüttelt, und ich war von oben bis unten dreckig." Cindy lachte.

„Das würde mir überhaupt nichts ausmachen. Ich kann es noch immer nicht glauben, dass ich mit zum Breeders' Cup darf", freute sich Heather.

„Ich auch nicht", gestand Cindy. „Ich war noch nie beim Breeders' Cup, wenn ein Pferd von Whitebrook am Start war."

„Es treten zwei Pferde von Whitebrook an", korrigierte Heather sie.

„Ja, zwei." Cindy war einen Augenblick still. Sie überlegte erneut, wie sie das Problem lösen konnte, das sie mit Shining und Glory hatte. Vielleicht konnte sie ja aus der Rennzeitung erfahren, für welches Rennen Shining gemeldet war, aber möglicherweise hatte man dort noch nicht die neuesten Informationen. Und außerdem wollte sie es eigentlich von Samantha hören.

„Also dann, wir sehen uns morgen", verabschiedete sich Heather.

„In alter Frische. Und zwar ganz früh", erwiderte Cindy. „Mike, Aileen, Beth und ich kommen dich abholen, dann fahren wir zum Flughafen."

Nachdem Cindy den Hörer aufgelegt hatte, schaute sie sich in ihrem Zimmer das Foto von Aileen und Wunder im Siegerkreis an, das auf ihrem Nachttisch stand. Es war nach Wunders Sieg im Classic aufgenommen worden. Damals war das Rennen noch in Churchill Downs ausgetragen worden. Und während sie auf die ihr so gut bekannte Rennbahn blickte, hatte Cindy fast das Gefühl, als könnte sie in das Bild hineinkriechen.

Vielleicht kann ich das ja auch, überlegte sie, als sie eine Schublade ihrer Kommode öffnete, um einen Stapel T-Shirts herauszunehmen. Und ich bete, dass ich genau dort am Samstag mit Glory stehen werde – im Siegerkreis.

Kapitel 11

„Glory, Glory, mein Junge!", rief Cindy überglücklich und rannte nach der Ankunft in Belmont sofort hinüber zu dem jungen Hengst. Heather war dicht hinter ihr, den Zeichenblock und eine Kamera in der Hand.

Cindy konnte es kaum fassen, dass sie endlich Glory wieder sah nach mehr als zwei Wochen Trennung. Aber da stand er, direkt vor der Boxenreihe des Gestüts Whitebrook. Len ließ den energiegeladenen Hengst gerade auf einem kleinen Stück Wiese grasen. Glorys Fell glänzte im hellen Sonnenlicht wie reines Silber, fand Cindy.

Der Kopf des Hengstes schoss hoch beim Klang ihrer Stimme. Er starrte sie erstaunt an, als könne er kaum glauben, dass sie hier war. Einen Augenblick später zerrte er Len hinter sich her über den Stallhof auf Cindy zu und wieherte laut und fröhlich.

„Langsam, langsam", rief Len. „Sie kommt ja schon. Du brauchst mich nicht durch die Gegend zu schleifen."

Cindy lief auf den Hengst zu. Sie wusste gar nicht, wo sie ihn zuerst drücken oder streicheln sollte.

Glory rieb seinen Kopf an ihrem T-Shirt, dann stupste er sie leicht mit der Schulter an. Cindy nahm seinen Kopf in beide Arme und schloss die Augen. Sie genoss es einfach, wieder bei ihrem Pferd zu sein. „Ich habe dir so viel zu erzählen", flüsterte sie. „Oh, Glory, ich liebe dich so sehr." Manchmal hatte Cindy das Gefühl, mit Glory viel besser reden zu können als mit Menschen. Glory wieherte vergnügt, als habe auch er ihr eine Menge zu erzählen.

„Ich glaube, er hat dich ganz schön vermisst", stellte Heather fest und lachte.

„Das darf man wohl aus dieser Begrüßung schließen", pflichtete ihr Len bei.

„Ich weiß jedenfalls, wie sehr ich ihn vermisst habe", gestand Cindy. „Wie ist es ihm ergangen, Len? Nehmen ihn die Townsends noch immer so hart ran?"

Len schüttelte den Kopf. „Ein bisschen härter schon, als es Aileen recht ist, schätze ich, aber ich glaube nicht, dass es ein Pferd gibt, das besser aussieht als dieses hier."

Cindy musste ihm zustimmen. Angefangen bei der weichen grauen Nase bis zum dicken üppigen Schweif machte Glory einen absolut gesunden und fitten Eindruck. Und jetzt, da sie hier war, schien er auch noch das glücklichste Pferd auf der ganzen Welt zu sein.

„Shining macht gerade einen Trainingsgalopp", sagte Len. „Wollt ihr zuschauen?"

Cindy nickte. Aus Lens freundlicher Miene glaubte sie schließen zu können, dass er die schwierige Situation mit Glory und Shining verstand, ohne dass man große Worte machen musste.

„Ich passe auf Glory auf, solange du weg bist." Len streckte die Hand nach dem Führstrick des Hengstes aus.

„Aber ich bin doch gerade erst angekommen ... ich kann ihn doch jetzt nicht schon wieder allein lassen." Cindy schaute ihr Pferd an, sie fühlte sich hin und her gerissen.

„Marsch ab, und feuert Shining ein bisschen an", befahl Len. „Glory wird auch in zwanzig Minuten noch hier sein."

„Ich könnte ihn auch mitnehmen." Cindy konnte den Gedanken kaum ertragen, auch nur für eine kleine Weile von dem jungen Hengst getrennt zu sein. Sie hatten sich noch nicht einmal richtig begrüßt.

„Lass ihn hier", versuchte Len sie umzustimmen. „Die Rennbahnmanager sehen es nicht so gern, wenn Pferde an der Bahn herumstehen, ohne etwas zu tun. Das trägt nur zur allgemeinen Verwirrung bei, und die ist jetzt schon schlimm genug."

„Also gut." Widerstrebend händigte Cindy Len den Führstrick aus. Sie wusste, dass er Recht hatte, aber sie war sich nicht sicher, ob auch Glory das verstand.

„Schau, da ist Shining." Heather deutete nach vorn. Cindy drehte sich um und sah Samantha, die gerade Shining zur Rennbahn führte und ihre Kappe auf dem roten Haar zurechtrückte. Samantha war allein, Mike, Aileen und Ian waren wahrscheinlich bereits an der Bahn.

„Wir sollten uns besser beeilen, sonst versäumen wir noch den Trainingslauf." Cindy tätschelte Glory ein letztes Mal. „Ich bin gleich zurück, mein Großer. Das verspreche ich dir. Dieses Mal verschwinde ich nirgendwohin, auch nicht nach Whitebrook."

Die beiden Mädchen liefen den Weg entlang zur Bahn. Cindy musste unbedingt noch einen kurzen Blick zurückwerfen. Glory sah ihnen mit einem halb fragenden, halb beleidigten Gesichtsausdruck nach.

„Sei brav!", rief Cindy ihm zu.

Glory wieherte laut, als fände er, dass sie ganz miserable Manieren habe. Cindy blieb stehen, doch Len winkte ihr zu weiterzugehen.

„Er wird doch bestimmt zwanzig Minuten ohne mich auskommen oder?", fragte sie.

„Auch wenn's ihm schwerfällt", stimmte Heather zu.

An der Bahn verfolgten Ian, Mike und Aileen aufmerksam den Übungsgalopp eines kleinen, kräftig aussehenden schwarzen Hengstes. Sie bemerkten gar nicht, dass Cindy und Heather sich ihnen näherten.

Cindy stellte sich so an die Bande, dass sie ebenfalls einen guten Blick auf die Bahn hatte. Sie sah, dass das Pferd seine ganze Kraft in diesen Galopp legte. Es war Flightful, erkannte Cindy, Glorys schärfster Konkurrent um den Sieg im Classic, falls Shining nicht antrat. Es war also kein Wunder, dass alle Leute von Whitebrook den Auftritt des schwarzen Hengstes genau verfolgten.

„Das ist Flightful", erklärte sie Heather.

„Wow!" Heather starrte gebannt auf den schwarzen Hengst. „Er ist ziemlich schnell, nicht wahr?"

„Ja, das ist er." Während Cindy Flightful beobachtete, der immer schneller wurde, als es auf das Ziel zuging, verstand sie, warum das schwarze Pferd an der Westküste so viele Bewunderer gefunden hatte. „Glory wird ein gutes Rennen liefern müssen, um gegen ihn zu gewinnen", stellte sie fest. Ihr Herz klopfte wild, wenn sie nur an den folgenden Tag und das Rennen dachte. In 24 Stunden war es soweit.

„Das wird er schon tun." Heather war zuversichtlich. „Und Glory hat Flightful bisher noch in jedem Rennen geschlagen."

„Das ist wahr", stimmte Cindy zu.

Flightful schoss über die Ziellinie, und Ian wandte sich halb von der Bande ab. „Hallo, allesamt", rief Cindy.

„Cindy! Da bist du ja." Ian strahlte und umarmte sie. „Du kommst genau zur richtigen Zeit, Liebling, gleich kommt nämlich Shining."

Aileen und Mike winkten ihr zur Begrüßung zu, dann wandten sie sich wieder der Bahn zu. Cindy wusste, dass alle Neuigkeiten warten konnten, bis Shinings wichtiges Training vorüber war.

Cindy hielt die Hand über die Augen, um nicht von der Sonne geblendet zu werden, und schaute ebenfalls hinaus auf die Bahn. Shinings Fell glänzte wunderbar rötlich, während sie auf der Gegengeraden zusammen mit vielen anderen Pferden ihr morgendliches Training absolvierte.

„Wie geht es Shining?", wollte Cindy von Aileen wissen.

„Ganz gut." Aileen schaute durch ihren Feldstecher.

„Ihr lasst sie doch sonst so kurz vor einem Rennen nicht mehr im Renngalopp laufen, oder?", fragte Cindy. Nach einigen Rennen war die Stute nämlich ziemlich erschöpft gewesen.

„Nein, nein. Das ist nur ein kurzer Übungsgalopp. Wir wollen sie nicht überanstrengen, aber so ein kurzer Lauf macht sie munter für morgen", erklärte Aileen.

Morgen. Cindy schaute Aileen fragend an. Wie sahen die Pläne für Shining aus? Aber Aileen hielt ihr Fernglas immer noch auf die Bahn gerichtet, und Cindy wollte sie bei ihren Beobachtungen nicht stören. Aileen würde ihr wahrscheinlich sowieso empfehlen, Samantha direkt zu fragen.

„Hier kommt Shining!", rief Heather. Die junge Stute umrundete gerade den Schlussbogen und wurde mit jedem Galoppsprung schneller.

„Sie fliegt ja förmlich!" Cindy umklammerte mit den Händen aufgeregt die Bande.

Shining raste die Gerade entlang, sie hatte den Kopf hoch erhoben, die schwarz-weiße Mähne flatterte im Wind. Flightfuls Galoppsprünge hatten sicher und entschlossen gewirkt, aber Shining flog mit einer Leichtigkeit und Eleganz über die Bahn, dass Cindy es kaum fassen konnte. Es war unglaublich, wie lange die junge Stute bei jedem Galoppsprung in der Luft blieb. Cindys alte Liebe zu Shining erwachte zu neuem Leben, und Tränen stiegen ihr in die Augen. Shinings Darbietung war so überwältigend schön, dass Cindy jetzt nicht anders konnte, als ihr den Sieg zu wünschen, ganz gleich, in welchem Rennen sie antrat.

„Shining!", schrie sie, als die junge Stute auf die Ziellinie zuspurtete. „Oh, mein Mädchen, du bist einfach fantastisch!"

Samantha hob kurz die Hand, und Cindy erkannte, dass sie ihre Worte wohl gehört hatte.

Cindy ließ den Kopf auf die Bande sinken. Wenn Glory und Shining gegeneinander antraten und Glory ein Spitzenrennen lief, dann könnte er gewinnen, überlegte sie. Wenn nicht, würde bestimmt Shining im Siegerkreis stehen. Sie sagte sich immer wieder, dass Siegen nicht das Wichtigste sei. Und zum ersten Mal drehte es ihr nicht gleich den Magen um bei dem Gedanken, dass Glory vielleicht verlieren würde. Es war jetzt nicht mehr so wichtig, in welchem Rennen Shining starten würde, sagte sie sich.

Samantha ritt von der Bahn. Shining schnaubte leicht und tänzelte ein paar Schritte zur Seite vor Aufregung nach dem grandiosen Übungsgalopp. Cindy lief schnell zu ihr hin und hielt die Zügel, während Samantha absaß.

„Vielen Dank", sagte Samantha und lächelte sie an.

„Gern geschehen", antwortete Cindy schüchtern.

Shinings dunkle Augen strahlten, sie warf ihren Kopf mehrmals zurück. Offensichtlich hatte ihr das Training Spaß gemacht.

Samantha musterte ihr Pferd einen Augenblick lang kritisch von oben bis unten, dann wandte sie sich Cindy zu. „Wir müssen miteinander reden", sagte sie.

Cindy nickte. „Ich weiß."

„Lass mich nur Shining noch richtig abkühlen, dann können wir gemeinsam an den Strand fahren", schlug Samantha vor.

„Super, da war ich noch nie!", freute sich Cindy. Aber vielleicht würde das gar nicht so lustig für sie werden, überlegte sie. Vielleicht war Sammy ja sauer auf sie. Sie merkte, dass ihr Verhalten in der letzten Zeit solche Angebote von Samantha verhindert hatte. Sie durfte nicht zulassen, dass die beiden Pferde und ihre Konkurrenz bei diesem Turnier ihre Beziehung zu Samantha beeinträchtigten.

„Es ist viel zu kalt zum Schwimmen", sagte Samantha an Heather gewandt. „Sonst würde ich vorschlagen, dass du uns begleitest."

„Ich verstehe schon", antwortete Heather schnell. „Mir macht es überhaupt nichts aus, ein bisschen hier herumzulaufen."

„Komm, gehen wir noch schnell bei Glory vorbei, bevor ich mit Samantha losfahre", sagte Cindy zu Heather. „Ich wette, Len könnte etwas Hilfe bei den Pferden gebrauchen, während Sammy und ich fort sind."

„Ich würde ihm wahnsinnig gern helfen." Heather nickte. „Und wenn er mich nicht gebrauchen kann, dann zeichne ich ein wenig."

„Wir treffen dich dann um zwei Uhr bei der Boxengasse", sagte Samantha.

Als Cindy mit Heather die Rennbahn verließ, überlegte sie, was Samantha ihr wohl zu sagen hatte. Vielleicht sollte sie selbst zuerst das Wort ergreifen, sinnierte sie. Sie hatte ihrer älteren Schwester einiges zu erklären. Und sie musste sie um Verzeihung bitten.

Len hatte Glory in seine Box zurückgebracht, während sie sich an der Bahn aufgehalten hatten. Als er Cindys Schritte hörte, schob der große junge Hengst sofort seinen eleganten grauen Kopf über die Boxentür.

„Hallo, mein Schöner." Cindy trat näher, um ihm über die Stirn zu streicheln. Heather ging die Stallgasse entlang, um die neugierig vorgestreckten Nasen von Matchless und der beiden anderen Pferde von Whitebrook zu tätscheln.

Cindy verbrachte die nächste halbe Stunde bei Glory in seiner Box, sie wollte ihre Beziehung wieder festigen. Zuerst bürstete sie ihn, um ihn zu entspannen. Eigentlich brauchte er gar nicht gestriegelt zu werden, denn es war kein Stäubchen Schmutz auf seinem Fell zu finden. Dann rieb sie ihn mit einem weichen Tuch kärftig ab, bis sein Fell silbrig glänzte. Sie beendete die Pflege, indem sie ihn noch einmal innig umarmte.

Glory lehnte sich sanft vor in ihre Arme und rieb sein Ohr leicht gegen ihre Schulter. Glory konnte zwar nicht sprechen, aber Cindy wusste, dass er ihr sagen wollte, wie sehr er es genoss, mit ihr zusammen zu sein.

Heather saß draußen in der Stallgasse auf einem Heuballen und zeichnete den Kopf von Matchless. „Bist du fertig, Cindy?" Samantha steckte den Kopf über Glorys Boxentür.

Glory warf den Kopf hoch, machte einen Schritt auf die Tür zu und blieb wachsam stehen. Cindy überlegte, ob sie sich vielleicht täuschte, oder verstand Glory wirklich alles, was sie sagten? „Ich weiß, jetzt gehe ich schon wieder fort, und das magst du gar nicht", beruhigte sie ihn.

„Ich bleibe hier, Glory", bot Heather an.

Glory beäugte sie zweifelnd, als glaube er nicht recht, dass sie einen guten Ersatz für Cindy abgeben würde. Doch dann akzeptierte er ein Stück Karotte aus ihrer Hand und ein Streicheln von Heather. Als Cindy allerdings den Stall verließ, wieherte er herzzerreißend. Jedesmal, wenn sie ihn allein lassen musste, wünschte sie sich, für immer bei ihm bleiben zu können. Glory konnte natürlich nicht wissen, wohin sie gehen würde und er wusste nicht, dass sie schon bald wieder zurück sein würde. Er konnte ja annehmen, dass sie für immer verschwand.

„Ich dachte, wenn wir uns mal aussprechen, können wir beide heute Nacht besser schlafen. Falls Schlafen vor einem großen Tag wie dem Breeders' Cup überhaupt möglich ist", meinte Samantha und lachte, als sie zu ihrem Auto liefen. Auf dem Parkplatz blieb sie stehen und schaute Cindy an. „Wir müssen eine Menge zwischen uns klären, nicht wahr?"

„Ja", bestätigte Cindy. Ihr wurde klar, dass sie sich seit Monaten vor diesem Augenblick gefürchtet hatte. Aber jetzt, da Samantha und sie wirklich über ihre Probleme miteinander sprechen würden, fühlte sich sich blendend.

Kapitel 12

Cindy ging neben Samantha über den feuchten Sand und genoss die Einsamkeit am windigen Meer. Das kalte, blaugraue Wasser des Atlantik brandete mit hohen Wellen ans Ufer, begleitet vom lauten Kreischen der Seemöwen. Eine Gruppe von Strandläufern flog dicht über den Meereswogen dahin. Cindy lief ihnen am Strand hinterher, und es war ihr egal, dass ihre Füße immer wieder nass wurden.

„Es muss richtig Spaß machen, hier zu schwimmen, wenn das Wetter schön ist", sagte Cindy zu Samantha.

Samantha trug ihre Schuhe in der Hand und spielte mit den Zehenspitzen mit einem Berg zerbrochener Muscheln. „Ja, das glaube ich auch", erwiderte sie abwesend.

Cindy warf einen kurzen Seitenblick auf ihre ältere Schwester. Sammy war noch nie böse auf sie gewesen, überlegte sie. Was aber, wenn sie jetzt wirklich ernsthaft wütend auf sie war? Plötzlich hatte Cindy keine Lust mehr, mit den Wellen zu spielen. Sie erinnerte sich daran, dass Samantha seit jenem Abend, als sie als ausgerissenes Waisenkind auf der Suche nach einem Schlafplatz auf Whitebrook aufgetaucht war, immer zu ihr gehalten hatte. Ohne Samanthas Hilfe wäre auch Glory nicht mehr auf dem Gestüt. Samantha war es gewesen, die ihn geritten und damit Mike und Ian bewiesen hatte, zu welchen Leistungen der junge Hengst fähig war. Sie war immer auf Cindys Seite gewesen – bis jetzt.

Cindy fühlte, wie ihr Tränen in die Augen stiegen. Und sie fragte sich, ob sie ihre Schwester vielleicht so verärgert hatte, dass sie inzwischen nichts mehr mit ihr zu tun haben wollte.

„Setzen wir uns eine Weile", schlug Samantha vor.

Cindy setzte sich neben sie und spielte mit dem trockenen Sand. Sie grübelte, ob es zu spät war, Samantha zu gestehen, dass es ihr Leid tat, dass sie sich wie ein unreifes Kind aufgeführt hatte. Aber Samantha sah gar nicht verärgert aus, fand sie, sie schien nur über irgendetwas nachzudenken. Cindy nahm all ihren Mut zusammen und öffnete schon den Mund, um ihr alles zu gestehen und zu erklären, dass es ihr nichts ausmachen würde, wenn Shining ebenfalls im Classic an den Start ginge.

„Lass mich mal überlegen, wie ich das am besten formulieren kann", bat Samantha.

Cindy legte sich zurück und wartete, während sie eine Hand voll Sand durch ihre Finger rieseln ließ. Sie sah, dass weit draußen am Horizont ein einsames Segelboot mit gestreiften Segeln heftig gegen den Wind kämpfte.

Auch Samantha sah hinaus auf das Meer. „Cindy, ich lasse Shining nicht im Classic antreten", begann sie.

„Wirklich nicht?" Cindy schaute Samantha erstaunt an. Sie glaubte ihren Ohren nicht zu trauen. Nachdem Samantha so lange kein Wort mehr über den Breeders' Cup verloren hatte, hatte sie angenommen, dass sie ihr einfach die schlechte Nachricht ersparen wollte, dass Shining und Glory als Konkurrenten laufen würden.

„Es macht viel mehr Sinn, sie im Distaff starten zu lassen", fuhr Samantha fort. „Wenn Glory und Shining im gleichen Rennen antreten würden, könnte nur einer von beiden gewinnen. Einer würde immer verlieren und könnte höchstens Zweiter werden. Und Whitebrook hätte die einmalige Chance eingebüßt, in zwei Breeders'-Cup-Rennen zu siegen."

„Aber warum hast du denn gesagt, dass du überlegst, sie im Classic starten zu lassen? ... Du weißt doch, damals, nachdem sie das Whitney gewonnen hatte."

Samantha runzelte die Stirn. „Wahrscheinlich war ich mir damals noch nicht ganz sicher, ob Glory im Classic antreten würde. Es lief damals ja nicht ganz so gut für ihn, er hatte gerade das Jim Dandy verloren. Und so kam ich halt auf die Idee, Shining im Classic starten zu lassen. Und natürlich auch deswegen, weil sie im Suburban und im Whitney so hervorragend gegen junge Hengste abgeschnitten hatte."

„Shining ist das beste Rennpferd überhaupt", erklärte Cindy ernst. „Ich meine, außer Glory ..." Cindy brach verwirrt mitten im Satz ab.

„Ich glaube, dass beide Pferde ganz hervorragend sind." Samantha schaute Cindy offen an. „Weißt du, Cindy, für mich ist es wichtig, mit den Pferden zu arbeiten und eine Beziehung zu ihnen aufzubauen. Natürlich gewinne ich gern, aber das ist nicht das Entscheidende."

„Ich glaube, ich verstehe dich jetzt." Cindy blickte zu Boden. „Ich vermute, eine Weile habe ich das ganz anders gesehen."

„Ich will versuchen, es dir zu erklären. Du bist so geduldig mit Storm, du trainierst ihn und vergisst dabei nie, was wichtig ist. Nämlich ihn so zu trainieren, dass er sein ganzes Potenzial entfalten kann. Und du genießt das Zusammensein mit ihm", fuhr sie fort. „Auch wenn Storm niemals ein Rennen gewinnen sollte, würdest du nicht dennoch mit dem zufrieden sein, was du mit ihm gemeinsam erreicht hast?"

Cindy dachte an den schlanken grauen Hengst mit seinen guten Manieren und seiner liebevollen Art. „Natürlich", antwortete sie. Sie wusste, dass nichts und niemand ihre wunderbare Beziehung zu dem Tier negativ beeinflussen konnte.

„Nun, genauso geht es mir mit Shining. Gewinnen ist nicht alles."

„Ich weiß, ich weiß", seufzte Cindy. „Oh, Sammy. Es tut mir wirklich Leid. Ich wünsche mir nur so sehr, dass Glory gewinnt. Aber ich glaube, ich habe vergessen, dass auch andere Dinge wichtig sind. Wichtiger als die Tatsache, als Erster oder Zweiter über die Ziellinie zu laufen."

„Gut", sagte Samantha. „Weißt du, man kann nicht immer gewinnen. Nicht einmal mit Glory, und auch nicht mit Shining."

Cindy vergrub ihre Turnschuhe im Sand. „Eines ist mir aber noch nicht ganz klar."

„Und was?", fragte Samantha.

„Möchtest du nicht auch, dass Shining ..." Cindy überlegte einen Augenblick, wie sie es ausdrücken sollte. Sie räusperte sich. „Na ja, ist es dir nicht wichtig, dass sie das Classic gewinnt und jeder sagt, dass sie das beste Rennpferd auf der ganzen Welt ist?"

„Cindy, für mich ist Shining bereits jetzt das beste Rennpferd der Welt", erklärte Samantha mit fester Stimme. „Ob sie ein Rennen mehr oder weniger gewinnt, verändert meine Einstellung nicht. Aber ich hatte das Gefühl, dass Glory im Classic an den Start gehen sollte. Außer für das Classic hätten wir ihn für kein anderes Rennen melden können, denn die übrigen Rennen finden auf der Grasbahn statt oder sind für jüngere Pferde. Abgesehen von den kurzen Distanzen. Im Distaff kommen Shinings Talente hervorragend zur Geltung. Es ist nicht so, dass dieses Rennen einfacher wäre als das Classic. Es geht über eineinviertel Meilen, und Shining muss sich gegen die besten Stuten der Welt durchsetzen. Aber ich bin zuversichtlich, dass Shining zeigen wird, was alles in ihr steckt."

„Ich auch! Es wäre einfach unglaublich, wenn Glory das Classic und Shining das Distaff gewinnt!" Cindy warf eine Hand voll Sand in die Luft.

„Nicht wahr?", erwiderte Samantha und lächelte.

Cindy lächelte zurück. Plötzlich sah die Welt ganz anders aus. Sie genoss den Anblick des bunten Segelbootes am Horizont, die weiße Gischt der Wellen, den kilometerlangen Sandstrand. Sie durfte nie wieder zulassen, dass etwas zwischen ihr und Samantha war, dachte sie. Kein Pferderennen war es wert, diese Beziehung aufs Spiel zu setzen, nicht einmal das Breeders' Cup Classic.

* * * * *

Kaum hatte Samantha auf dem Parkplatz von Belmont das Auto abgestellt, als Cindy die Wagentür aufriss und auf die niedrigen Stallgebäude zulief. Sie konnte es kaum erwarten, Glory wieder zu sehen. Das war zwar nicht ungewöhnlich, vor allem nicht, nachdem sie so lange getrennt gewesen waren, aber dieses Mal hatte sie noch einen ganz speziellen Grund, sich so zu beeilen. Sie hatte das Gefühl, sich bei ihm genauso entschuldigen zu müssen wie bei Samantha. Sie hatte ihm vielleicht nicht immer deutlich genug gezeigt, dass sie ihn mochte, so wie er war, gleichgültig, ob er Rennen gewann oder nicht.

„Vielleicht ist er wütend auf mich, weil ich einfach davongelaufen bin und ihn im Stich gelassen habe", murmelte sie vor sich hin, als sie schnell an den anderen Bauten vorbei zur Boxenreihe von Whitebrook zulief.

Dort sah Cindy zu ihrer Überraschung Ian und Len vor Glorys Box stehen. Das war zwar nicht ungewöhnlich, aber sie verstand nicht, was sie taten. Glory streckte den Kopf vor, um an Ians T-Shirt herumzuknabbern, während Len mit der Hand über das Fell des Hengstes rieb. Als Cindy näher kam, stellte sie fest, dass Heather und Aileen in Glorys Box standen und den Hengst zu beruhigen versuchten. Er schien sehr aufgeregt zu sein.

„Was ist denn hier los?", fragte Cindy, als Glory laut schnaubte, als wollte er sich beschweren und sie fragen, wo sie so lange gewesen sei.

„Er war ziemlich durcheinander, deshalb ist Heather zu ihm in die Box gegangen", erklärte Aileen. „Aber das hat auch nicht viel geholfen, also musste ich mich selbst um ihn kümmern. Er hat einfach nicht aufgehört zu wiehern."

„Als wir schließlich alle vier hier waren, hat er sich endlich wieder beruhigt", scherzte Ian und zog sein T-Shirt aus Glorys Maul. „Na ja, wenigstens einigermaßen", fügte er mit einem müden Grinsen hinzu.

„Ich vermute, vier Menschen haben ihm endlich das Gefühl vermittelt, dass man sich genügend um ihn kümmert", meinte Heather.

„Ich glaube, jetzt nachdem Cindy da ist, reicht dann eine Person völlig", sagte Aileen.

„Ich übernehme ihn schon." Cindy strahlte vergnügt in die Runde.

„Gut", sagte Ian. „Du bist der neue Babysitter. Wir haben alle noch genügend zu tun.

„Ich bleibe in der Nähe", verkündete Aileen. „Ich möchte noch eine Weile bei unseren wichtigsten Pferden für morgen bleiben, bei Glory und Shining."

„Hast du sie wirklich alle so auf Trab gehalten, mein Süßer?", wandte sich Cindy liebevoll an ihr Pferd.

Glory warf den Kopf zurück und stupste Aileen an, um zu prüfen, ob sie nicht eine Karotte in der Jackentasche hatte. Ihm schien es völlig gleichgültig zu sein, dass er alle von ihren eigentlichen Pflichten abgehalten hatte.

Cindy nahm den Führstrick vom Haken. „Wie wäre es, wenn wir nach draußen gehen und dich ein wenig auf die Wiese führen?", fragte sie Glory.

„Ich wette, das würde ihm Spaß machen", meinte Heather.

Glory stellte ruckartig die Ohren auf.

„Was ist los?" Cindy schaute sich um und sah Brad und Lavinia Townsend die Stallgasse entlangkommen.

„Nein, nicht schon wieder die", murmelte sie. Sie hoffte, dass sie Glory nicht wieder aufregten. Er brauchte jetzt Ruhe und Entspannung, um für den nächsten Tag fit zu sein.

Heather verzog den Mund. „Vielleicht bleiben sie ja nicht lange", flüsterte sie.

„Das wäre das erste Mal", flüsterte Cindy zurück. Glory streckte den Kopf über die Boxentür. Er war ein so freundliches Tier, dass er sich zu freuen schien, noch mehr Besucher zu bekommen. Glory hatte bisher nie irgendwelche Probleme mit den Townsends gehabt, ganz anders als die anderen Bewohner von Whitebrook.

„Wir möchten uns gern unser Pferd ansehen", verkündete Lavinia arrogant. Cindy bemerkte, dass Lavinia Reitkleidung trug und nicht wie sonst Designer-Klamotten. Vielleicht hatte Lavinia ja inzwischen festgestellt, dass man sich in New York etwas lässiger kleidete als an den Rennbahnen in Kentucky. Lavinia war Cindy immer etwas lächerlich vorgekommen, wenn sie in ihren teuren Kleidern im Stall herumlief.

Cindy warf Aileen einen fragenden Blick zu, denn sie wusste nicht, was sie tun sollte. Aileen nickte ihr verstohlen zu, also führte Cindy Glory aus seiner Box.

Der Graue stampfte mit dem Fuß auf und schaute sich aufmerksam um. Cindy wusste, dass Glory sich immer freute, wenn er aus der Box durfte, das bedeutete für gewöhnlich Training auf der Bahn, Aufwärmübungen, Weiden auf der Koppel (wahrscheinlich seine Lieblingsbeschäftigung) oder warmes Abwaschen mit dem Schwamm. Er erwartete sicher nicht, nur für eine Inspektion durch die Townsends herumgeführt zu werden.

„Glory hat ja etwas Gewicht zugelegt", stellte Brad fest. „Aber alles Muskeln."

Cindy bemerkte, dass Aileen sich etwas von ihnen entfernt hatte, aber vorsichtig im Hintergrund blieb. Cindy wusste, warum sie nicht einfach ging. Sie traute den Townsends nicht über den Weg, genauso wenig wie sie selbst.

„Ich bin mir nicht sicher, welche Rennstrategie morgen für Glory am besten ist", überlegte Brad laut. Er marschierte um den jungen Hengst herum und musterte ihn genau.

„Nun, Glory hat im Gold Cup gut abgeschnitten, weil er schon früh die Führung übernommen hat." Lavinia wischte sich ein nicht vorhandenes Staubkörnchen von der hellen Reithose.

Glory stampfte erneut mit dem Fuß auf und bleckte die Zähne. Cindy hätte beinahe laut gelacht. Glory tat das oft, wenn sie ihm etwas zu fressen gegeben hatte. Aber in diesem Fall sah er so aus, als wollte er sagen, dass die Townsends ihn nicht im geringsten beeindruckten.

„Lass uns das morgen früh noch einmal besprechen", wandte sich Brad an Aileen.

„In Ordnung", erwiderte Aileen. Cindy war ein wenig überrascht, dass Aileen nicht mehr darauf erwiderte.

Mit einem großen Seufzer der Erleichterung schaute Cindy schließlich den Townsends nach, als sie den Stall wieder verließen. Dann gab sie Glory eine Karotte. Sie fand, dass er eine Belohnung verdiente. Er hatte so schön gelangweilt ausgesehen, als die Townsends hier waren.

„Wir sehen uns dann morgen im Siegerkreis", verabschiedete sich Lavinia von der Stalltür aus.

„Natürlich", erwiderte Aileen unbekümmert. Mike, der gerade den Stall betrat, winkte den Townsends kurz zu.

Heather lachte. „Versucht etwa Lavinia so zu tun, als verstünde sie etwas von Pferden?"

„Sieht fast so aus." Cindy biss sich nervös auf die Lippen. Sie hoffte, dass sich Brad nicht noch irgendwelche neuen Rennstrategien für Glory einfallen ließ.

„Nun, Brads Trainingsideen haben jedenfalls dazu geführt, dass Glory besonders fit ist", beruhigte Aileen Cindy. „Die Trainingszeiten haben bei manch einem Konkurrenten für Aufsehen gesorgt. Aber der wirkliche Test für unsere Strategie kommt ja erst morgen im Rennen."

„Meinst du, die Townsends mischen sich morgen ein?", fragte Cindy besorgt.

„Nein, nein", versicherte Aileen rasch. „Ich habe gerade mit Clay Townsend gesprochen. Und er war richtig glücklich darüber, wie wir Glory trainiert haben."

„Und er ist ja noch immer der Boss auf Townsend Acres, wie auch immer Brad sich aufführt", bemerkte Mike.

„Ich wünschte nur, Brad hätte sich nicht vor zwei Tagen mit Felipe gestritten", seufzte Aileen. „Im Umgang mit Pferden ist Felipe zwar absolut unschlagbar und er ist einer der tolerantesten und sanftesten Jockeys überhaupt, aber mit Menschen hat er nicht so viel Geduld. Ich vermute, Brad wollte Felipe mal wieder einen Rat geben, wie er das Pferd zu behandeln habe, und natürlich hat Felipe ihm von oben herab erklärt, dass er Befehle nur von uns annehme. Brad war deswegen natürlich außer sich."

„Ich kann Felipe allerdings sehr gut verstehen", sagte Mike. „Er sieht zu Recht nicht ein, warum er von allen Seiten mit Anweisungen bombardiert wird."

„Naja, aber er und Brad wären beinahe aufeinander losgegangen." Aileen runzelte die Stirn. „Das hätte leicht dazu führen können, dass man Felipe suspendiert hätte. Wir können es uns auf keinen Fall leisten, jetzt noch einen neuen Jockey für Glory suchen zu müssen. Wir wissen, wie negativ Glory auf fremde Jockeys reagiert."

„Oh, nein!", brach es aus Cindy heraus. Bevor sie Felipe als Ersatz für Aileen gefunden hatten, hatte Glory schon manchen Jockey abgeworfen und eingeschüchtert. Mindestens ein Dutzend Jockeys hatten es mit ihm versucht. Felipe war ihre letzte Hoffnung gewesen.

„Mach dir keine Sorgen, es ist ja nichts passiert", beruhigte Aileen sie. „Felipe wird ihn morgen reiten."

„Wir sollten ruhig mal über das Rennen nachdenken", riet Mike. „Falls Glory gewinnt, gehört er bestimmt zum Kreis derer, die für die Auszeichnung als Pferd des Jahres in Frage kommen."

„Wirklich?", rief Cindy aufgeregt.

„Könnte schon sein." Aileen sah nachdenklich aus. „Die Karriere von Glory hat ja schon so manche Höhen und Tiefen erlebt. Ich weiß nicht, wie das Komitee den Sieg in dem Rennen bewerten wird, als er positiv auf Drogen getestet wurde. Es ist ja erwiesen, dass unser Gestüt nicht dafür verantwortlich war, aber ich weiß nicht, wie das die Wertung beeinflusst."

„Ich glaube, alles hängt von Glorys Auftritt im Breeders' Cup ab", sagte Mike. „Wenn er hier eine Spitzenleistung abliefert, wird sich das meiner Meinung nach durchaus auf die Abstimmung des Komitees auswirken, wenn sie das Pferd des Jahres wählen."

Cindy verstand, was Mike meinte. Wenn Glory im Classic einen Bahnrekord aufstellte, würde er wahrscheinlich auch die Wahl zum Pferd des Jahres gewinnen.

Glory atmete leise in Cindys Hand. Cindy traf eine Entscheidung. Der morgige Tag würde besonders wichtig sein in Glorys Leben. Sie musste für ihn da sein, wann immer es ging. Er war immer viel entspannter, wenn sie in seiner Nähe war. Sie würde ab sofort bis zum Rennen bei ihm bleiben.

„Heather, möchtest du hier mit mir im Stall bei Glory schlafen?", fragte Cindy. „Ich glaube, er braucht mich. Aber du musst natürlich nicht, wenn du nicht möchtest. Du kannst natürlich auch in unserem Zimmer im Motel übernachten."

„Natürlich bleibe ich gern hier", antwortete Heather schnell. „Das ist doch super, die Nacht bei den Pferden zu verbringen. Aber wo können wir denn hier schlafen?"

„Ich werde schon ein paar Schlafsäcke organisieren", erklärte Len, der mit einem Ballen Heu auf sie zukam. „Du machst dir doch keine Sorgen, Cindy, oder?"

Cindy schüttelte den Kopf. Sie wusste, worauf Len anspielte. Das letzte Mal, als sie in Glorys Box geschlafen hatte, waren ihm gerade vorher die verbotenen Mittel verabreicht worden. Damals hatte er jemanden gebraucht, der ihn beschützte. Aber vielleicht hatte sie auch wegen des Rennens morgen das gleiche Gefühl, dass er jetzt nicht allein bleiben sollte.

„Lassen das deine Eltern denn überhaupt zu?", fragte Heather.

„Ich glaube schon." Cindy war sich nicht sicher, ob es mit ihren Eltern nicht eine Diskussion geben würde. Sie hoffte, dass sie sich mit dieser Idee abfanden.

Als Cindy mit Ian und Beth eine Stunde später darüber sprach, war sie überrascht, dass die beiden schon mit dieser Bitte gerechnet und alles bestens vorbereitet hatten.

„Wir haben uns schon gedacht, dass ihr Mädchen wahrscheinlich hier draußen schlafen wollt", verriet Ian. „Deshalb haben wir für euch schon Schlafsäcke und Luftmatratzen von zu Hause mitgebracht."

„Im Siegerkreis werdet ihr dann zwar ein bisschen zerzaust aussehen", sagte Beth und lächelte sie an. „Aber wen stört das?"

Cindy erwiderte das Lächeln. Beth war also auch überzeugt, dass Glory gewinnt, dachte sie. Cindy war froh, dass ihre Eltern so verständnisvoll waren.

„Wir schlafen vor der Box", erklärte sie Heather. „Sonst will er die ganze Nacht mit uns spielen. Das letzte Mal, als ich hier übernachtet habe, hat er höchstens eine Stunde geschlafen. Und er braucht viel Ruhe vor dem Rennen morgen."

„Okay", antwortete Heather und kicherte. „Wir könnten ja vielleicht auch in der Box daneben schlafen und so tun, als seien wir selbst Pferde.

Cindy grinste. „Ich glaube, zu einem großen Teil fühle ich mich schon fast wie ein Pferd. Aber es ist besser, wie schlafen vor der Box, damit Glory uns sehen kann."

Nach einem hastigen Abendessen in der Rennbahn-Kantine verbrachten Cindy und Heather die nächsten Stunden damit, Len zu helfen, die Pferde für die Nacht vorzubereiten. Zusammen mit Len überprüfte Cindy das Zaumzeug, die Sättel, die Beinschoner und sorgte dafür, dass auch alles andere sauber und ordentlich aufgeräumt war, so dass alles am Renntag griffbereit war. Heather ging noch einmal die Boxen ab, um nachzusehen, ob alle Pferde genügend Wasser und genügend Streu hatten.

„Okay, Kinder, wir fahren jetzt zurück ins Motel." Beth steckte den Kopf zur Stalltür herein. „Len schläft in der Futterkammer, und draußen ist ein Wachposten, falls ihr noch irgendetwas braucht."

„Uns geht es bestens." Cindy lächelte. Diesmal war es so anders als das letzte Mal, als sie an der Rennbahn im Stall geschlafen hatte. Glory ging es jetzt gut, er konnte nicht besser in Form sein für das Rennen. Dennoch überlief Cindy ein nervöser Schauer, als sie daran dachte, dass Brads Training seine Leistungsfähigkeit beeinträchtigt haben könnte. Aber Aileen schien mit Glorys Kondition zufrieden zu sein, das stimmte sie zuversichtlich.

Alles war in bester Ordnung, sagte sich Cindy immer wieder. Und vor allem freute sie sich darüber, dass sie und Samantha sich wieder so gut verstanden.

„Was willst du jetzt machen?", fragte Heather und kuschelte sich in ihren Schlafsack. „He, das ist ja total gemütlich hier."

„Ich glaube, wir sollten bald schlafen." Cindy gähnte. „Wir müssen nämlich schon um vier Uhr aufstehen."

„Oh Gott. Da werde ich ja schon müde, wenn ich nur dran denke."

„Ja, aber frühmorgens ist es immer sehr schön." Manchmal fiel es zwar auch ihr frühmorgens schwer, aufzustehen, um sich um die Pferde zu kümmern, vor allem in den kalten Wintermonaten, aber schon nach ein paar Minuten war sie immer froh, dass sie es doch geschafft hatte. Sie genoss es, das erste Zirpen der Vögel zu hören und das frohe Wiehern der Pferde, wenn der Tag anbrach. Und der kommende Morgen, der Tag von Glorys bisher größtem Rennen, würde auch der schönste Tag in ihrem bisherigen Leben werden, hoffte sie.

Kapitel 13

Cindy wachte sehr früh auf. Ein Streifen orangefarbenen Lichts im Osten hinter der Stalltür, der von grauen Wolken umrahmt wurde, war der einzige Hinweis darauf, dass der Morgen heraufzog.

Sie stand auf, um nach Glory zu sehen. Der graue Hengst schlief friedlich in einer Ecke seiner Box. Er hatte den Kopf niedergelegt und alle vier Beine angezogen. Cindy lächelte und schlich auf Zehenspitzen wieder weg.

Was für einen schönen Traum ich hatte, dachte sie, als sie ihren kleinen Koffer zum Badezimmer trug, um sich zu waschen und umzuziehen. Cindy hatte geträumt, dass sie Glory im Classic-Rennen anfeuerte und ihm zurief, er solle so schnell laufen, als habe er Flügel. Und dann hatte sie gesehen, dass er tatsächlich Flügel hatte – lange, silbrige Flügel. Es war zwar nur ein Traum, aber ich glaube, das wird heute ein tolles Rennen werden, sagte sie sich.

Cindy entschloss sich, ein wenig auf dem Gelände herumzulaufen, bis es Zeit wurde, die Pferde zu füttern. Sie wollte Glory und auch sonst niemanden aufwecken. Heather schlief noch fest in ihrem Schlafsack. Sogar Len war noch nicht auf.

In einigen Ställen brannte schon Licht, aber auf dem Gelände war es noch ziemlich still, als Cindy über den Stallhof ging. Sie steckte die Hände in die Hosentaschen und zitterte, wegen der Kälte, aber auch vor Aufregung. Das war ein sehr wichtiger Tag für Whitebrook, dachte sie. Bald würde er für Shining und für Glory beginnen.

Cindy blieb vor der großen Statue von Secretariat stehen, dem legendären Gewinner des Triple Crown. Es war wirklich fantastisch, dass Glory auf dieser Rennbahn lief, die schon solche Pferde gesehen hatte, dachte sie. Er gehörte zu ihnen! Cindy empfand Stolz und Freude.

„Das wird das größte Rennen deiner Karriere, Glory", sagte sie leise. „Ich werde wahnsinnig stolz sein, wenn du gewinnst.

Aber weißt du was? Das ist für mich nicht das Wichtigste. Ich möchte nur, dass du wieder heil und gesund nach Hause kommst, damit wir im Winter unsere Ausritte machen können."

Cindy wurde klar, dass sie wieder in den Stall zurückmusste. Wahrscheinlich waren auch die anderen inzwischen aufgestanden, Glory wohl auch. Sie bemerkte, dass sich die Wolken verzogen hatten und einen hellblauen Himmel zurückgelassen hatten. Es versprach ein perfekter Renntag zu werden.

Len bereitete gerade das Morgenfutter zu, als sie wieder zu Whitebrooks Boxen kam.

„Guten Morgen. Du bist schon früh aufgestanden, was?" Len lächelte.

Cindy zuckte mit den Schultern. „Ich konnte nicht schlafen. Aber Glory dafür umso besser."

Len nickte verständnisvoll. „Bring das dem großen Jungen", sagte er und reichte Cindy einen Eimer, in dem sich nur ein bisschen Getreide befand. „Glory und Shining kriegen heute beide nicht viel."

„Glory wird merken, dass ein Rennen bevorsteht, wenn er nur ein mageres Frühstück bekommt." Cindy nahm den Eimer und ging die Stallgasse hinunter.

Len kicherte. „O ja, das weiß er. Einer der Vögel hat's ihm gesteckt, nehme ich an. Er brennt schon förmlich darauf."

Der große graue Hengst hatte jetzt Cindy entdeckt und streckte den Kopf erwartungsvoll über die Boxentür. „Len, ich bin überzeugt, dass er heute gewinnt – und zwar mit großem Vorsprung!", rief sie über die Schulter. Aber dann fragte sie sich, ob es klug gewesen war, das zu sagen. Schließlich wusste niemand, was in einem Pferderennen passierte. Vielleicht glaube ich nur, dass Glory gewinnt, weil ich ihn so liebe, dachte sie.

„Dieser Junge holt sich den Sieg im Breeders' Cup", sagte Len entschlossen. „Daran gibt es keinen Zweifel."

Heather setzte sich in ihrem Schlafsack auf und gähnte. „Guten Morgen", sagte Cindy.

„Seid ihr sicher, dass es schon Morgen ist? Es ist ja noch so früh." Sie gähnte wieder. Dann schlug sie ihren Schlafsack zurück und sprang auf. „Ich ziehe mich nur schnell um, dann helfe ich euch bei den Pferden."

„Toll." Cindy schüttete schnell Glorys Frühstück in die Box, bevor der junge Hengst noch unruhiger wurde.

„Hallo!", rief Samantha, als sie mit Aileen und Mike den Gang entlangkam. „Machen wir Shining gleich für das Distaff fertig, wenn sie gefressen hat", sagte sie.

Mike lachte. „Du kannst es wohl kaum erwarten, was?"

„Nein", erwiderte Samantha, „ich möchte nur vorbereitet sein."

Cindy war erstaunt, dass Samantha wegen des Rennens überhaupt nicht nervös zu sein schien. Das kam ihr seltsam vor. Samantha war bisher vor allen Rennen Shinings immer äußerst nervös gewesen, und jetzt stand Shining vor dem wichtigsten Rennen ihrer Laufbahn.

Ich möchte gern wissen, ob Sammy auch selbst glaubt, was sie mir gesagt hat, dachte Cindy. Vielleicht war ich nicht die Einzige, die unbedingt auf einen Sieg aus war.

Shining würde im Distaff antreten, bevor Glory im Classic lief. Das Classic war das letzte Rennen des Tages und sollte um fünf Uhr gestartet werden.

„Ich weiß nicht, wie ich die zwölf Stunden bis zu Glorys Start hinter mich bringen soll", sagte Cindy.

„Na, bis dahin haben wir ja auch noch eine Menge zu tun", erwiderte Samantha.

„Stimmt." Als Shinings Pflegerin hatte Cindy gut zu tun, die junge Stute auf ihr Rennen vorzubereiten. Außerdem wollte Cindy Glory geistig gut aufbauen. Körperlich konnte der junge Hengst in keiner besseren Verfassung sein. Aber wenn sie ihn im Hof herumführte, mit ihm redete und einfach nur den Tag mit ihm verbrachte, glaubte Cindy, würde er sich entspannen und zuversichtlich in das Rennen gehen.

„Ich habe Shinings Sattel poliert." Samantha strich über das weiche Leder des kleinen Sattels. „Ich wollte etwas Besonderes machen, deshalb habe ich ihn gestern Abend ins Motel mitgenommen."

„Wahrscheinlich hast du ihn nur deshalb so gewienert, weil du damit rechnest, dass Shining ins Fernsehen kommt", witzelte Len.

„Vielleicht." Samantha lächelte.

„Ich werde auch neben Shining im Siegerkreis stehen", sagte Aileen. „Auch wenn ich nicht sicher bin, dass ich in diesen Tagen die beste Figur mache."

„Bestimmt wirst du das", sagte Mike liebevoll und legte ihr einen Arm um die Schulter.

Cindy warf einen Blick in Shinings Box. Die junge Stute holte sich die letzten Reste aus dem Futtereimer. Cindy freute sich, dass Shining solch einen gesunden Appetit hatte – auf der Bahn würde sie ihre ganze Kraft brauchen. „Komm, jetzt führen wir dich in den Hof und putzen dich richtig heraus, mein Mädchen", sagte sie.

Gehorsam trat Shining zur Boxentür und stupste Cindy mit der Nase an. Heute schien Shining so ruhig zu sein wie Samantha, dachte Cindy. Das war gut. Manchmal war Shining vor Rennen ziemlich aufgekratzt gewesen und hatte dadurch Energie verschwendet.

„Putzen wir sie gemeinsam", sagte Samantha und lächelte. „Das mag sie besonders."

„Mir würde das auch gefallen", bemerkte Heather schüchtern.

„Ich glaube wirklich, dass Shining heute die besten Chancen hat." Samantha reichte Cindy und Heather Bürsten. „Sie hat im Whitney die jungen Hengste über eineinachtel Meilen geschlagen und im Suburban über eineinviertel Meilen."

„Das sehe ich auch so!", rief Cindy begeistert. Ihr Herz klopfte bereits vor Aufregung. Und der Tag würde noch viel schöner werden, sagte sie sich.

Der Vormittag verging schnell. Mit Samanthas und Heathers Hilfe bürstete Cindy Shining, bis das Fell der jungen Stute weich wie Seide war und jedes einzelne rote und weiße Haar glänzte. Shining genoss die Behandlung. Sie schloss halb die Augen und drückte sich genussvoll gegen die Bürste.

„Schauen wir uns jetzt das Sprint an", schlug Cindy Heather vor, nachdem sie die Sandwiches gegessen hatten, die Beth ihnen zu Mittag gebracht hatte. Cindy sprang auf und schüttelte Brotkrumen von ihren Jeans. Sie hatten in der milden Herbstsonne vor der Boxenreihe gesessen. „Ich glaube, hier sind wir fürs Erste fertig."

„Das glaube ich auch", nickte Heather.

„Ich frage nur noch schnell Sammy, ob sie einverstanden ist, dass wir gehen." Cindy wollte aus einem ganz besonderen Grund das Sprint verfolgen. Aufgrund seiner Abstammung besaß wohl auch Storm das Zeug zu einem Sprinter. Und sie wollte die besten Sprinter der Welt einmal laufen sehen.

Samantha hatte Shining wieder in ihre Box geführt und saß im Stroh, um dem Pferd Gesellschaft zu leisten. Aileen schaute über die Boxentür zu.

„Natürlich könnt ihr gehen", sagte Samantha, als Cindy ihr sagte, was sie vorhatten.

„Das Sprint wird euch gefallen", sagte Aileen. „Diese Pferde fressen die Bahn förmlich auf. Ein Sprint ist ganz anders als ein Rennen über eine längere Distanz. Da zählt allein die Schnelligkeit."

„Aber braucht ihr uns auch wirklich nicht mehr?" Cindy schaute Samantha fragend an.

„Im Moment nicht", erwiderte Samantha. „Ich bleibe bei Shining. Es wird ihr gut tun, wenn sie eine Weile nur mich um sich hat. Und außerdem habe ich schon viele Sprints beim Breeders'Cup gesehen. Nicht, dass es mich nicht interessieren würde, aber ich glaube, ich sollte jetzt doch lieber bei Shining bleiben."

„Okay." Genau das braucht Glory auch, dachte Cindy. Vielleicht sollte ich zu ihm gehen. Einen Augenblick war Cindy unschlüssig. Aber für Storm war es wichtig, dass sie das Sprint verfolgte, sagte sie sich dann.

Glory beobachtete sie ruhig aus seiner Box. „Es scheint ihm gut zu tun, dass er dich jetzt wieder jeden Tag sieht", sagte Heather.

„Ja, das glaube ich auch. Ich bin bald wieder zurück", versprach Cindy dem jungen Hengst.

„Wir holen dich, wenn er unruhig werden sollte", sagte Aileen. „Amüsiert euch. Das ist schließlich der Tag des Breeders' Cup!"

„Komm", sagte Cindy zu Heather. „Stellen wir uns direkt an die Ziellinie." Cindy saß immer auf der Tribüne, wenn eines von Whitebrooks Pferden lief – unten hatte man nicht die ganze Bahn im Blick. Aber nichts war aufregender für sie, als an der Ziellinie zu stehen, nur wenige Meter vom siegreichen Pferd entfernt.

„Ja, gehen wir ganz nah ran", stimmte ihr Heather zu. „Ich will mir die Pferde genauestens anschauen."

Auf der Anzeigetafel sah Cindy, dass für das Breeders' Cup Sprint sieben Pferde gemeldet waren. Die beiden Mädchen schlüpften zwischen den Leute hindurch und stellten sich an die Ziellinie. „Hier kommen die Pferde zur Parade vorbei", sagte Cindy. „Aber ich kann sie nicht sehen."

„Es sind zu viele Leute hier", erwiderte Heather.

Die Menge teilte sich für einen kurzen Augenblick, und Cindy konnte einen Blick auf ein atemberaubendes graues Pferd werfen. Die junge Stute tänzelte und zerrte an den Zügeln. Offensichtlich konnte sie es kaum erwarten, dass es losging.

„Ich hoffe, die Graue gewinnt", sagte Cindy. Sie wusste nicht, wer die junge Stute war, aber ihr gefielen ihre Art und ihre Farbe.

„Ich auch", stimmte ihr Heather zu. „Sie ist wunderschön."

Die Pferde gingen in die Startboxen, aber Cindy konnte nicht viel davon mitbekommen, weil sich die Boxen auf der anderen Seite der Bahn befanden. Plötzlich ertönte das Startsignal. „Los geht's!" Cindy griff zu ihrem Fernglas.

„Missy's Chieftain setzt sich gleich an die Spitze", rief der Kommentator. „Sailing Free ist dicht dahinter, als sie in den Bogen gehen!"

„Die Graue liegt in Führung!", rief Heather.

„Ja, sie ist wirklich ein Kraftpaket – sieh dir die Zwischenzeiten an!", erwiderte Cindy bewundernd. „Sie legt ein unglaubliches Tempo vor!" Sie konnte nicht glauben, welch schnelle Zwischenzeiten bei Sprints erzielt wurden. Über klassische Distanzen waren die Zwischenzeiten wesentlich langsamer, sofern nicht ein Pferd wie Just Victory dabei war. „Ich verstehe, warum Mike Sprinter besonders mag", fügte Cindy hinzu.

„Jetzt gehen sie in die Gerade!", rief der Sprecher.

„Ich kann sie noch immer nicht sehen", sagte Heather.

„Hör einfach nur zu", sagte Cindy und grinste. „Sie kommen."

Das Geräusch war nicht zu verkennen. Sieben Vollblüter preschten auf die Ziellinie zu. Ihre Hufe dröhnten auf dem Boden wie ein Güterzug.

Die junge graue Stute lag noch immer in Führung. Die Pferde schossen durchs Ziel. „Missy's Chieftain hat gewonnen!", rief Heather.

„Ich weiß!" Cindy hoffte, dass an diesem Tag alle grauen Pferde ihre Rennen gewinnen würden. Sie lächelte. Sie wollte nicht abergläubisch sein. „Besser wir gehen jetzt zu Shining zurück", sagte sie. „Das Distaff geht bald los."

Samantha hatte Shining in der Stallgasse am Querbalken festgemacht und polierte zusammen mit Aileen ihre Hufe.

„Braucht ihr Hilfe?", fragte Cindy.

„Nein, danke – wir sind gleich fertig." Samantha stand auf. „Die Pferde für das Distaff sind gerade zum Sattelplatz gerufen worden."

„Okay!", sagte sie mit breitem Grinsen. „Dann wollen wir Shining mal hinausbringen."

Als sie Shining zum Sattelplatz führten, drängten sich Massen von Zuschauern am Führring, wedelten mit Programmheften und schrien durcheinander. Cindy wusste nicht, was diese Aufregung zu bedeuten hatte.

„Was ist denn los?", fragte Heather. „Vorhin war es ja schon laut, aber jetzt ist ja die Hölle los."

Das Geschrei der Leute wurde noch lauter, und Cindy konnte jetzt einige Worte verstehen. „Sie jubeln alle Shining zu!", rief sie.

Samantha hatte Tränen in den Augen. „Ich kann es nicht fassen", sagte sie.

„Das musst du aber", erwiderte Aileen. „Shining hat einen riesigen Fanclub."

„Dass ein Pferd aus Kentucky in New York so empfangen wird, das hat schon was zu bedeuten", sagte Samantha.

„Viele Leute hier lieben Pferderennen", bemerkte Mike.

„Und Shining!" Cindy strahlte und fuhr mit einer Hand über Shinings seidenweiche Schulter. Shining hob jetzt beim Gehen die Beine extra hoch und reckte ihren Hals. Die junge Stute bot den Zuschauern genau das, was sie sehen wollten.

Ian und Kelly Morgan kamen zu ihnen. Die junge Jockey-Frau lächelte nervös. „Das ist der größte Tag in meinem Leben! Ich hoffe, ich kann Shining gerecht werden."

„Natürlich kannst du das", versicherte Ian. „Shining ist mit dir im Sattel schon sehr gut gelaufen."

„Reit sie so, wie wir es heute früh besprochen haben", sagte Aileen. „Shining läuft gern an der Spitze oder knapp dahinter.

Deshalb würde ich ihr lieber ein bisschen mehr Freiraum lassen, um nicht das Risiko einzugehen, hinter den anderen Pferden eingepfercht zu werden. Halte sie an der Bande, wenn's geht – ich glaube, die Innenseite der Bahn ist heute schneller."

Kelly nickte. „Alles klar.

Cindy war überzeugt, dass Kelly ihre Sache gut machen würde – sie war eine ausgezeichnete Reiterin. Sie war froh, dass Kelly weiter für Whitebrook ritt nach all den Problemen, die sie mit Glory gehabt hatte.

Ian half Kelly in den Sattel. Shining machte einen Schritt zur Seite und spannte die Muskeln in Schultern und Hinterhand an. Dann stand sie still und drehte den Hals, um Kellys Stiefel zu beschnüffeln. Shining schnaubte leise und wandte sich wieder zur Bahn, als wollte sie sagen: Okay, jetzt weiß ich, wer auf meinem Rücken sitzt, es kann losgehen.

„Also los, mein Mädchen", sagte Kelly und nickte entschlossen. „Zeigen wir's ihnen."

„Shining ist gut aufgelegt", sagte Samantha. „Gehen wir zurück auf die Tribüne und schauen wir uns das restliche Feld an."

Auf der Zuschauertribüne gab Beth jedem etwas zu trinken. „Ich hab auf einem Bildschirm gesehen, wie Shining im Führring bejubelt wurde, als ich die Getränke holte", sagte Beth. „Sammy, du musst ja platzen vor Stolz!"

„Das tu ich auch", gab Samantha zu. „Und ein bisschen benommen bin ich. Ich kann's noch immer nicht ganz begreifen. Shining tritt im Distaff an!"

„Ich hab uns was zu trinken geholt, weil wir wohl bald raue Kehlen haben, wenn wir Shining kräftig anfeuern", sagte Beth und lachte.

Die zehn Pferde des Distaffs kamen jetzt auf die Bahn. Cindy runzelte die Stirn. Sie hatte das Gefühl, dass jeder dieser eleganten, energiegeladenen Vollblüter das Rennen gewinnen konnte. „Was hast du für einen Eindruck vom Feld, Sammy?", fragte sie.

„Einen guten und einen schlechten." Samantha musterte aufmerksam die Pferde. „Grayson's Delight, diese Braune mit den zwei weißen Fesseln ist noch nicht viele Rennen gelaufen. Sie hat erst zwei Rennen gewonnen, und eines davon war nur ein Ausscheidungsrennen. Aber trotzdem möchte ich sie nicht ganz abschreiben. Sie ist eine Tochter von Grayson's Knight, der Spitzenfohlen gezeugt hat. Im Führring habe ich gesehen, dass sie sehr ausgeglichen ist."

„Andere Konkurrenten sind aber gefährlicher", sagte Ian. „Winning Reprise hat gerade im Beldame ein Rennen über einachtel Meilen gewonnen."

Cindy sah, wie Winning Reprise, eine hellgraue Stute, in die Startbox Nummer eins ging. Ich glaube, ich sollte doch lieber nicht wollen, dass ein graues Pferd dieses Rennen gewinnt, dachte sie.

„Sie hat aber im Whitney, das über dieselbe Distanz geht wie das Distaff, bei weitem keine so gute Zeit gelaufen wie Shining", sagte Samantha.

„Das musste sie ja auch nicht", erwiderte Ian. „Sie hatte auf der Zielgeraden einen so großen Vorsprung, dass ihr Jockey sie etwas zurückgehalten hat, um sie zu schonen."

„Ich glaube, ich erinnere mich", sagte Samantha und runzelte die Stirn.

„Ich wollte dir auch keine Angst machen, Sammy", sagte Ian tröstend. „Kelly weiß, dass sie auf Winning Reprise Acht geben muss."

„Seht euch diese Quoten an!" Mike deutete zur Anzeigetafel. „Shining ist die große Favoritin."

„Fantastisch!" Beth lächelte und drückte Samanthas Arm.

Cindy lächelte, aber sie wusste, dass die Quoten für Glory in seinem Rennen nicht so eindeutig waren. Auch er würde wahrscheinlich als Favorit ins Rennen gehen, aber Flightful und Chance Remark, der Sieger des Belmont, und Treasure's Prospect, der Champion aus Florida, lagen dicht dahinter.

Immer mit der Ruhe und eins nach dem anderen, sagte sie sich. Cindy verdrängte Glorys Rennen aus ihren Gedanken, als die Stuten für das Distaff ihre Plätze in den Startboxen einnahmen. Sie wollte Shining mit aller Kraft unterstützen.

Cindy balancierte ihren Becher auf dem Knie und starrte angestrengt auf die Bahn, wo in wenigen Sekunden Shining losrennen würde. Sie spürte, dass die Limo leicht überschwappte, weil ihre Hände zitterten. Es lag ihr so viel daran, dass Shining in diesem Rennen gut abschnitt – wegen Samantha und all der anderen, die

die Rotschimmelstute auf ihrem Weg begleitet hatten und sie liebten.

Beim Signal ging Shining sauber los und strebte sofort an die Spitze. „Los!", schrie Cindy. „Lauf, mein Mädchen!"

„Sie hat schon alles unter Kontrolle!", rief Aileen.

„Wenn sie das durchhält ..." Samantha umklammerte ihren Becher so fest, dass sie beinahe den Inhalt verschüttet hätte.

Cindy sah, dass Shining fest entschlossen war, sich nicht von der Spitze verdrängen zu lassen. Sie baute ihren Vorsprung auf drei Längen aus. Aber als die Pferde in den Bogen gingen, kam Grayson's Delight an Shinings Flanke auf. Kelly lockerte die Zügel ein wenig, und die Rotschimmelstute zog davon.

„Streng sie nicht zu sehr an", sagte Samantha nervös. „Sie hat noch einen weiten Weg vor sich."

Cindy hatte den Eindruck, dass Shining mühelos ihren Vorsprung behauptete, der jetzt allerdings nur noch zwei Längen betrug. Das war kein komfortabler Abstand. Fast jedes der Pferde im Feld konnte ihr noch gefährlich werden.

„Shining ist eine fantastische Zwischenzeit gelaufen!", rief der Kommentator. „Der Rest des Feldes muss mit ihr mithalten, aber Grayson's Delight wird schwächer."

Die braune junge Stute fiel zurück und auch fast alle übrigen Pferde. Aber Winning Reprise hielt sich gut – und begann sogar aufzuholen! Die graue junge Stute verkürzte allmählich Shinings Vorsprung, bis beide Pferde Kopf an Kopf liefen. Kelly presste sich flach auf Shinings Rücken und forderte sie auf, alles zu geben.

„Komm schon, Shining!", kreischte Cindy. „Lass dich nicht von ihr schlagen!"

Als habe die junge Stute es gehört, legte sie an Tempo zu. Allmählich baute Shining wieder eine Länge Vorsprung aus.

„Sie schafft es!", schrie Samantha.

„Das ist noch nicht alles!", brüllte Ian.

Shining verlängerte ihre Galoppsprünge noch mehr und raste auf das Ziel zu.

„Shining hat die Kontrolle über das Rennen zurückerobert!", rief der Sprecher.

Cindy verschlug es die Sprache. Shining bewegte sich so elegant und schön, dass es fast nebensächlich war, dass sie auf das Ziel zuflog.

„Shining schießt über die Ziellinie und gewinnt mit fünf Längen Vorsprung!", rief der Kommentator.

„Sie hat von Anfang bis Ende geführt!", rief Cindy. „Oh, Sammy, das ist einfach unglaublich!"

„Nicht wahr?" Samanthas Augen glänzten. „Gehen wir hinunter zum Siegerkreis."

Kelly ritt Shining von der Bahn. Sie strahlte übers ganze Gesicht. „Ich habe gerade einen Breeders' Cup-Sieger geritten", sagte sie. „Vielen Dank, Shining!"

Cindy musterte Shining schnell. Die Rotschimmelstute atmete zwar schneller, aber nicht keuchend, und ihr Fell war kaum mit Schweiß bedeckt. Sie hatte das Rennen so gut überstanden, dass man meinen konnte, sie wäre überhaupt nicht gelaufen.

Cindy griff nach Shinings Zaumzeug und versuchte sie so weit zu beruhigen, dass sie für das Siegerfoto einen Moment lang still stand. Aber Shining zerrte an den Zügeln und wand sich, als ein Rennbahnmanager ihr die mit roten und gelben Blumen gemusterte Siegerdecke über den Widerrist legte. Sie macht fast den Eindruck, als wollte sie gleich noch einmal ein Rennen laufen, dachte Cindy. „Besser, du hältst jetzt still", sagte sie leise. „Oder willst du, dass in allen Zeitungen ein verwackeltes Bild von dir erscheint?"

„Samantha, bereuen Sie es, dass Sie nach der Leistung, die Shining gerade gezeigt hat, Ihr Pferd nicht für das Classic gemeldet haben?", fragte ein Reporter.

Cindy warf einen schnellen Blick zu Samantha. Sie fürchtete, dass im Gesicht ihrer Schwester ein Ausdruck von Bedauern erschien. Aber Samantha strahlte.

„Ich hatte das Gefühl, dass Shining noch nicht reif war für das Classic", antwortete sie.

„Shining hat heute eine Traumleistung gezeigt. Wie, glauben Sie, wird March to Glory im Classic abschneiden?", wollte ein anderer Reporter wissen. „Glauben Sie, dass er überlegen gewinnt?"

„Wir sind zuversichtlich, dass er ein starkes Rennen liefern wird", sagte Aileen.

„Und was denkst du?", wandte sich der Reporter an Cindy. „Welchen Eindruck hast du als seine Pflegerin heute von ihm?"

Das schwarze Mikrofon des Reporters war nur ein paar Zentimeter von Cindys Gesicht entfernt. Sie schluckte. Sie wusste, jedes ihrer Worte würde in das ganze Land ausgestrahlt werden. „Ich glaube, Glory ist gut vorbereitet", sagte sie vorsichtig. „Ich bin überzeugt, dass er laufen wird, als hätte er Flügel."

„Das sagt Cindy McLean, einer der Menschen, die March to Glory am besten kennen", sagte der Reporter und wandte sich ab.

Cindys Wangen liefen vor Aufregung rot an. Wow, er hatte sich wirklich dafür interessiert, was sie zu sagen hatte, ganz so, als ob sie seine Trainerin wäre, dachte sie.

„Sehr gut, Cindy", sagte Aileen. „Du machst das mit der Presse ja schon ganz professionell."

Samantha wandte sich zu ihr. „Wollen wir jetzt, Glory für das Rennen vorbereiten?", fragte sie.

Cindy nickte und ließ ihren Blick zum Stallbereich schweifen. Sie hatte vor Aufregung und Nervosität einen Kloß im Hals und konnte nicht sprechen. Würde sie bald wieder im Siegerkreis stehen, diesmal mit Glory?

„Glaubst du wirklich, dass er überlegen gewinnt, wie der Reporter meinte?", fragte Cindy Aileen besorgt.

„Ich hoffe es." Aileen legte die Stirn in Falten. „Es wird das Rennen seines Lebens werden."

Kapitel 14

„Du weißt, dass jetzt dein größtes Rennen bevorsteht, nicht wahr?", fragte Cindy Glory.

Der junge graue Hengst schnaubte und tänzelte mit der Hinterhand hin und her. Cindy hatte Schwierigkeiten, ihn abzureiben. „Schon gut", sagte sie und lachte. „Ich glaube, du hast meine Frage schon beantwortet – du willst hier raus." Glory führte sich ganz so auf wie man es von einem energiegeladenen Vollblüter erwartet, dachte sie zufrieden.

„Er will rennen", stimmte Heather zu.

Aileen kam mit Len die Stallgasse entlang. „Zeit zum Sattelplatz zu gehen", sagte sie und lächelte Cindy an. „Bist du nervös?"

„Viel nervöser als Glory." Cindy fuhr mit dem Tuch ein letztes Mal über den Rücken des Hengstes. Dann befestigte sie einen Führstrick an seinem Halfter. Sie schaute Aileen an. „Wie wird das Rennen laufen?", fragte sie.

„Das Classic ist immer ein sehr anspruchsvolles Rennen, aber in diesem Jahr ist die Konkurrenz noch stärker als sonst", antwortete Aileen nachdenklich. „Fortheloveofit, das Pferd mit der Nummer vier, hat das Hollywood Futurity und das Santa Anita Derby und einige andere Preisrennen gewonnen. Er legt sich am Anfang mächtig ins Zeug, aber ich glaube, Glory ist ausdauernder. Chance Remark hat das diesjährige Belmont gewonnen und ist offensichtlich sehr gut auf dieser Distanz. Treasure's Prospect war letztes Jahr der Champion bei den älteren Pferden. Und Flightful ist immer ein ernstzunehmender Gegner. Glory hat ihn schon mehrmals geschlagen, deshalb würde ich mir seinetwegen normalerweise keine großen Sorgen machen, aber ..."

„Aber was?", fragte Cindy. Ihr wurde mulmig. Die Leistungen, mit denen Glorys Gegner aufzuwarten hatten, waren wirklich beachtlich.

„Darby Stables, einer der Rennställe, für die Joe Gallagher trainiert, hat zwei Pferde für das Classic gemeldet – Flightful und einen Dreijährigen namens Wild Reason", fuhr Aileen fort. „Wild Reason hat noch nicht viel Rennerfahrung."

„Aber heißt das nicht zwei gegen einen?", fragte Cindy.

„Möglicherweise." Aileen zuckte mit den Schultern. „Wir müssen abwarten, wie sich das Rennen entwickelt. Natürlich, wenn sich Glory schwer tut, kann auch jedes andere Pferd das Rennen machen."

Cindy runzelte die Stirn. Das klang nicht sehr gut.

„Mach dir keine Sorgen, Cindy", beruhigte Aileen sie. „Ich glaube nicht, dass Glory den anderen nicht gewachsen ist."

„Ich auch nicht." Cindy warf einen Blick auf den jungen Hengst. Auch er hatte schon beeindruckende Erfolge vorzuweisen, erinnerte sie sich. „Bist du fertig?", fragte sie ihn und machte ihn vom Querbalken los.

Glory hob leicht seine Hinterhand und strebte entschlossen der Stalltür zu.

Am Führring standen die Zuschauer in mehreren Reihen dicht gedrängt hintereinander. Es war noch chaotischer geworden als am Vormittag, dachte Cindy.

„Die Leute schlagen sich fast, um Glory sehen zu können!", schrie Aileen, um dem Lärm zu übertönen.

„Ja, wirklich unglaublich!" Cindy hielt Glory fest am Zügel. Len hatte an Glorys Halfter einen zusätzlichen Führstrick befestigt und ging auf der anderen Seite von ihm.

Niemand wollte riskieren, dass Glory sich losriss und in die Menschenmenge lief. Heather folgte Cindy; sie hatte ihren Zeichenblock und ihr Federmäppchen dabei.

Auf dem Sattelplatz legte Len schnell den Sattel auf den Rücken des jungen Hengstes. Dann brachte er ihn zum Führring, wo Ian, Mike, Aileen und Felipe sie erwarteten. Cindy empfand unbändigen Stolz, als sie sah, dass Felipe die blau-weißen Rennfarben Whitebrooks trug. Sie wusste, dass eine von Aileens Bedingungen für den Verkauf des fünfzigprozentigen Anteils an Glory an die Townsends darin bestanden hatte, dass der junge Hengst seine Rennen weiter unter den Farben Whitebrooks bestritt.

Felipe saß schnell auf und tätschelte Glorys Hals. „Willst du dem Jungen noch was sagen?", fragte er Cindy. Der Jockey blickte ernst drein. Cindy freute sich. Es ging ihm wirklich um ihre Meinung, dachte sie.

Cindy legte die Arme um Glorys Kopf. „Ich glaube, du weißt, was du zu tun hast", sagte sie. Glory hörte auf, umherzutänzeln und drückte seinen Kopf tiefer in ihre Arme. „Zeig's ihnen", flüsterte sie. „Das soll dein Tag werden, dein Glory-Tag!"

„Hör auf sie, Junge", sagte Felipe und tätschelte liebevoll Glorys Schulter. „Wir sehen uns dann am Ziel", fügte er hinzu, an die übrigen Leute von Whitebrook gewandt. Cindy hatte den Eindruck, dass sowohl das Pferd als auch der Reiter recht zuversichtlich wirkten, als sie durch den Tunnel zur Bahn ritten.

Aileen lächelte. „Ich habe gerade an meinen Ritt auf Wunder im Classic gedacht", sagte sie. „Ich hatte Angst und wenig Erfahrung, aber Wunder hat alles in die Hand genommen."

Cindy beobachtete Glorys wedelnden Schweif, als er zur Bahn ging. Sie spürte, wie sich ein Kloß in ihrem Hals bildete. Sie war überzeugt, dass Glory an diesem Tag sein Bestes geben würde, genauso wie damals Wunder. Und das war genug, ganz gleich, was passierte, dachte sie und wandte sich zu Aileen, um ihr auf die Zuschauertribüne zu folgen.

„Glory ist das schönste Pferd hier", sagte Heather.

„Das glaube ich auch." Cindy löste die Augen von Glory und lächelte ihre Freundin an. „Gehen wir zu unseren Plätzen."

Samantha und Beth saßen bereits auf der Tribüne. „Sieh mal, heute hat Glory kein Pony als Begleitung", sagte Cindy, als sie sich neben Samantha setzte.

„Gott sei Dank." Beth, die neben Samantha saß, beugte sich vor, um mit Cindy zu sprechen. „Letztes Mal hat ihm das ja nicht besonders gefallen."

„Übrigens, ich habe herausgefunden, dass ich Brad in dieser Frage Unrecht getan habe", sagte Aileen. „Es war Lavinia, nicht Brad, die dafür gesorgt hat, dass Glory beim Gold Cup ein Pony als Begleitung bekam. Natürlich hat sie uns das nicht gesagt."

Cindy runzelte die Stirn. Wieso hatte Lavinia ihm ein Pony zur Seite stellen lassen, da doch bekannt war, dass er sich ohne Begleitung besser fühlte?, fragte sie sich. Lavinia konnte doch kein Interesse daran haben, Glorys Chancen zu mindern, nachdem er zur Hälfte den Townsends gehörte. Aber dann fiel Cindy wieder ein, wie unerfahren Lavinia im Umgang mit Pferden war.

„Glaubst du, Lavinia wollte tatsächlich nur helfen?", fragte Cindy gespannt.

„Vielleicht." Aileen seufzte. „Es ist möglich, dass ich vieles falsch eingeschätzt habe, was die Townsends getan haben."

„Was meinst du damit?" Mike klang überrascht. Cindy sah, dass Glory sich zum Bahneingang bewegte, ein Bild voller Anmut und Leichtigkeit. Er schien sagen zu wollen: Dieses Rennen ist schon gelaufen, es ist mein Rennen.

Aileen zögerte. „Ich hab darüber gesprochen, was mit Princess geschehen ist", sagte sie. „Das war damals ein ziemlicher Schock für mich. Brad hat vielleicht Recht mit seiner Vermutung, dass ich darüber noch immer nicht ganz hinweg gekommen bin. Ich habe zu schnell anderen die Schuld zugeschoben und war übervorsichtig beim Training anderer Pferde, nachdem Princess sich verletzt hatte."

„Aber für die Verletzung von Princess war eindeutig Lavinia verantwortlich", erwiderte Samantha. „Sie hat sie miserabel geritten."

„Ja, aber Brad und Lavinia waren ernsthaft der Meinung, es würde nichts dabei sein, ein Pferd wie Princess in der Ausbildung zu reiten. Lavinia hatte nicht begriffen, dass Princess wahrscheinlich das schwierigste Pferd unter allen Nachkommen von Wunder ist, noch schwieriger als Wunder selbst. Dann ..." Aileen zuckte mit den Schultern. „Lavinia wollte nicht zugeben, dass sie sich gründlich verschätzt hatte."

Cindy schwieg eine Weile und dachte an die Tragödie um Princess. Sie konnte es Aileen nicht verübeln, dass sie nur langsam verzeihen konnte. Heather schaute Cindy skeptisch an, als fragte auch sie sich, ob Aileen jemals verzeihen könnte.

„Ich glaube, Lavinia hat das Recht, einen Fehler zu machen – ich wünschte nur, das wäre nicht gerade mit Princess passiert", sagte Aileen traurig.

Mike drückte mitfühlend ihre Hand. Aileen schüttelte den Kopf und lächelte. „Aber jetzt müssen wir an andere Dingen denken, okay? Zum Beispiel an unser Baby und an Glorys Rennen. Gleich beginnt die Vorstellungsrunde!"

„Glory trabt ja durch das Tor!", rief Cindy entzückt. „Er kann es nicht erwarten, dass es losgeht!"

„Er hat ein ziemlich anspruchsvolles Rennen vor sich", sagte Ian angespannt.

Cindy kam es vor, als würden die vierzehn Pferde eine Ewigkeit brauchen, bis sie ihre Startpositionen eingenommen hatten. Wild Reason und Flightful, die beidem vom Rennstall Darby gemeldeten Pferde, hatten die Startnummern 2a und 2b. Fortheloveofit hatte die vierte Startbox, Glory die fünfte. Chance Remark und Treasure's Prospect waren die Starter Nummer elf und zwölf.

„Ich möchte zwar auch, dass das Rennen endlich losgeht, aber die Verzögerung kann für Glory durchaus von Vorteil sein", sagte Aileen.

„Glory hatte noch nie Probleme damit, in der Startbox zu warten", stimmte Cindy zu. Cindy wusste, dass die meisten Pferde unruhig wurden und sich nicht mehr konzentrieren konnten, wenn sie lange in der Startbox stehen mussten.

Die Boxentür schloss sich hinter dem letzten Pferd. Einen Augenblick später kam das Startsignal, und die Pferde schossen in einem dichten Pulk auf die Bahn.

„Glory ist Zweiter!" Cindy schüttelte ungläubig den Kopf. „Aber wie konnte sich Fortheloveofit vor ihn setzen? Glory hat doch einen guten Start erwischt!"

„Das Rennen hat gerade erst angefangen", erinnerte Aileen sie. Aber Cindy sah, dass Aileen den Mund zusammenpresste, als sie das Feld überflog.

„Fortheloveofit hat die Führung übernommen. Eine halbe Länge hinter ihm liegt March to Glory", verkündete der Kommentator. „Aber hier kommt Wild Reason, der mächtig anzieht."

Im nächsten Augenblick setzte sich Wild Reason an die Spitze und stürmte davon. Fortheloveofit lag eine halbe Länge hinter ihm an zweiter Position. Glory war an dritter Stelle, lag aber schon mehrere Längen hinter dem führenden Pferd. Chance Remark und Treasure's Prospect waren hinter anderen Pferden eingekeilt, aber das war kein Trost für Glory. „Fortheloveofit und Wild Reason schlagen Glory!", schrie sie entsetzt. „Das darf doch nicht wahr sein!"

„Die beiden Energiebündel Fortheloveofit und Wild Reason haben exzellente Zwischenzeiten herausgelaufen!", rief der Sprecher.

„Seht euch die Zeit für die erste halbe Meile an", sagte Mike und deutete zur Anzeigetafel.

„Das hatte ich befürchtet", stöhnte Ian.

„Was ist denn los?", fragte Cindy verzweifelt.

„Der Blitzstarter Wild Reason wurde ins Rennen geschickt, um eine schnelle Zwischenzeit herauszulaufen", sagte Ian. „Er wird nachlassen, aber er zieht Glory mit oder jedes andere Pferd, das sich an ihn zu hängen versucht. Und dann übernimmt ein Aufholer wie sein Stallkamerad Flightful das Kommando über das Rennen."

„Ist das nicht verboten?", fragte Cindy entsetzt. Glory hielt sich neben Fortheloveofits Flanke. Er würde nie zulassen, dass das andere Pferd länger vor ihm blieb. Aber dabei würde er sich verausgaben!

„Nein, das ist nicht illegal", sagte Mike gepresst. „Das schnellste Pferd nennt man ein Kaninchen."

Cindy konnte es kaum noch mitansehen. Felipe war es gelungen, Glory ganz knapp hinter Fortheloveofit zu halten, aber Cindy sah, dass es dem jungen Hengst nicht gefiel, dass er gebremst wurde. Er warf den Kopf auf und ab und zerrte an den Zügeln.

Glory erkämpfte sich mehr Freiraum und zog an Fortheloveofit vorbei. Dann nahm er die Verfolgung von Wild Reason auf.

„Kaum hat Felipe die Zügel etwas nachgegeben, schießt Glory davon wie der Blitz!", rief Samantha.

„Er musste es tun. Glory wollte sich nicht länger bremsen lassen." Aileen hatte die Augen nicht von der Bahn gewendet.

Glory zog an dem braunen Hengst vorbei, wurde aber nicht langsamer, wie Cindy feststellte. Was machst du bloß?, dachte sie verzeifelt. Jetzt bist du an der Spitze. Lass es nun ein bisschen langsamer angehen.

„March to Glory baut seinen Vorsprung auf zwei Längen aus!", rief der Kommentator.

„Das dritte Viertel ist selbstmörderisch", stöhnte Samantha. „Glory kann dieses Tempo nicht durchhalten. Felipe muss ihn bremsen!"

„Er kann nicht", erwiderte Ian. Er sah genauso besorgt aus wie Samantha.

Cindy suchte bei Glory nach Anzeichen von Erschöpfung. Glory war so schnell, dass es nicht mehr auf die Zeiten ankam, die auf der Anzeigetafel gezeigt wurden, sondern auf die Art, wie er lief, dachte Cindy. Glory schwebte fast. Seine langen Beine bewegten sich mühelos über den Boden und verschlangen die Bahn förmlich. Der Rest des Feldes war weit abgeschlagen, mit Ausnahme von Flightful. Der schwarze Hengst lief auf der Innenseite und lag ungefähr vier Längen zurück. Das Kaninchen, Wild Reason, war auf die sechste Position zurückgefallen.

Langsam begann Cindy Hoffnung zu schöpfen. „Glory ist in Ordnung!", rief sie. Auf der Anzeigetafel wurden phänomenale elf und drei Fünftel Sekunden für die letzte Achtelmeile angegeben, aber sie sah, wie leicht und schön Glory lief. Aus dem Augenwinkel bekam Cindy mit, dass Heather ihren Block aufgeschlagen hatte und mit schnellen Strichen zeichnete.

„Jetzt kommt Flightful!", schrie Samantha.

Der schwarze Hengst rückte näher an Glory heran. Cindy hielt den Atem an. Das war der Augenblick, in dem Glory entweder nachlassen oder sein Tempo weiter steigern würde. Aber tief in ihrem Innersten wusste sie, was der junge Hengst tun würde.

„Er will sich nicht verdrängen lassen!", rief Mike. „Hoffentlich überfordert er sich nicht!"

Cindy holte tief Luft, als sie das hörte. Ich weiß, dass Glory es schafft, sagte sie sich.

„Glory kann auch über lange Distanzen durchhalten", sagte Aileen. „Er wird die Bahn aufreißen."

Flightful jagte Glory mit aller Kraft, aber der junge Hengst zog weiter davon. Als Cindy verfolgte, wie die beiden Pferde durch den Schlussbogen gingen und sich dabei wie die übrigen Zuschauer fast heiser schrie, fiel Flightful um eine Länge zurück. Glory dagegen wurde nicht langsamer, die Angaben auf der Anzeigetafel zeigten sogar, dass er noch zulegte.

Jetzt läuft er nur noch für sich!, dachte Cindy. Ihr Herz hüpfte vor Freude. Flightful fiel weiter und weiter zurück, als Glory in die Zielgerade preschte.

„March to Glory zieht auf der Zielgeraden weiter an!", rief der Kommentator. „Er führt unangefochten – jetzt mit zwanzig Längen Vorsprung vor Flightful!"

Cindy presste ihre Hände zusammen, bis die Knöchel schmerzten. Glory wurde mit jedem Galoppsprung schneller. So etwas Wunderbares würde sie nie wieder sehen, dachte sie.

„Glory nimmt Kurs auf einen Weltrekord!", rief der Kommentator.

Cindy sah, dass Felipe bei den Worten des Sprechers zusammenzuckte und zur Anzeigetafel sah, um sich über die Zwischenzeit zu informieren. Dann kauerte er sich noch tiefer über Glorys Hals. „Er redet mit ihm!", schrie Cindy. „Er fordert ihn auf, noch schneller zu werden!"

„Seht euch an, wie Glory davonzieht!" Samantha gestikulierte wild mit den Händen.

Cindy hatte es nicht für möglich gehalten, dass ein Pferd noch schneller laufen konnte, als es Glory jetzt schon tat, aber der junge graue Hengst konnte noch immer zulegen. Er vollzog einen Handwechsel und vergrößerte seinen Vorsprung vor Flightful auf 25 Längen.

„Cindy, die Leute rasen vor Begeisterung!", rief Beth glücklich.

Glory schoss über die Ziellinie – ein Bild von Anmut und ungebremster Kraft – und lief weiter.

„Wir haben einen neuen Weltrekord über eineinviertel Meilen – und einen glorreichen Sieger!", rief der Kommentator.

Felipe schien Glory bremsen zu wollen, aber der junge Hengst wurde kaum langsamer. Er will immer weiter laufen, dachte Cindy verwundert, während ihr der Jubel der Zuschauer in den Ohren dröhnte. Ich kann nicht glauben, dass das alles wirklich ist – mein schönster Traum ist wahr geworden!

„Oh, Cindy, was für ein Rennen!" In Samanthas Augen standen Tränen der Freude. „Zwei Breeders'-Cup-Sieger für Whitebrook!"

„Ich weiß, es ist einfach unglaublich!" Cindy fiel ihrer älteren Schwester in die Arme.

„Gehen wir hinunter zu unserem Champion!", schrie Ian in den ohrenbetäubenden Lärm.

Felipe ritt Glory von der Bahn und winkte triumphierend mit seinem Helm.

„Glory, Glory!", schrie Cindy. Der Hals des jungen Hengstes war schweißbedeckt, aber seine Augen waren klar, und er warf den Kopf hin und her. Als er Cindy hörte, spitzte er die Ohren und suchte sie mit seinen dunklen Augen.

Cindy zwängte sich durch die Menge und kämpfte sich zu ihrem Pferd im Siegerkreis vor. „Junge, du hast's geschafft!", rief sie. „Du hast das Classic gewonnen, und noch dazu mit einer solchen Zeit! Niemand wird dich je vergessen!"

Der junge graue Hengst senkte den Kopf, stupste ihr Haar an und blies ihr seinen warmen Atem entgegen. Dann rieb er seine Nase an ihrer Schulter und schien sich an dem Lob zu weiden. Felipe saß schnell ab.

„Mir war gar nicht bewusst, wie schnell er lief, sonst hätte ich versucht, ihn stärker zu bremsen." Felipe schüttelte den Kopf. „Erst als wir auf der Zielgeraden waren, habe ich die Zahlen auf der Tafel gesehen. Er lief so glatt, deshalb habe ich ihm seinen Willen gelassen."

„Glory hat noch einen weiteren Bahnrekord aufgestellt für die Achtelmeile hinter dem Ziel, als du ihn zu bremsen versucht hast." Mike schüttelte den Kopf. „Absolut unglaublich!"

„Glory ist so schnell gelaufen, wie ich es mir in meinen Träumen vorgestellt habe", sagte Cindy glücklich. „Es war, als hätte er Flügel gehabt."

Aileen, Mike und Ian wandten sich den Reportern zu, um deren Fragen zu beantworten. Cindy versuchte Glory für das Siegerfoto ruhig zu halten, aber das war nicht so einfach wie mit Shining. Der junge Hengst tänzelte im Kreis umher und schüttelte den Kopf. „Du bist genauso zufrieden mit dir wie alle anderen", sagte Cindy. „Aber jetzt musst du stillstehen, Glory! Das Bild ist wichtig!"

Schließlich beruhigte sich Glory. Auch Cindy entspannte sich und lächelte in die Kameras. Mike und Aileen standen neben ihr, ebenso Ian und Beth. Ohne die Zusammenarbeit all dieser Menschen, erkannte Cindy, würde Glory jetzt nicht hier stehen – und auch nicht ohne die Hilfe von Samantha.

„Wo ist Sammy?", fragte Cindy flüsternd Aileen. Cindy spürte, wie der Stolz, den sie empfand, ein bisschen nachließ. Sammy ist sehr wichtig für mich, dachte sie. Ich kann mich nicht richtig über Glorys Sieg freuen, wenn Sammy nicht da ist. Cindy überlegte, ob Samantha sich vielleicht absichtlich davor drückte, Glorys Sieg zu feiern.

Aileen grinste. „Warten wir mal, was Sammy mitbringt", sagte sie. „Ich glaube, das wird dir gefallen."

„Da kommt sie!", rief einer der Fotografen, und die Kameras begannen wie verrückt zu klicken.

Cindy drehte sich um und wollte sehen, von wem die Rede war – und entdeckte Shining! Samantha führte die Rotschimmelstute zurück in den Siegerkreis. Shining war geduscht und abgekühlt und trug jetzt anstelle des Rennsattels eine saubere Satteldecke.

„Die Rennleitung hielt es für eine gute Idee, unsere beiden Pferde zusammen zu präsentieren", sagte Samantha strahlend. „Es kommt nicht alle Tage vor, dass ein Rennstall zwei Breeders'-Cup-Gewinner stellt!"

„Wie hast du Shining so schnell hierher gebracht?", fragte Cindy glücklich.

Samantha zwinkerte. „Len hatte sie schon vorbereitet. Wir hatten eine Ahnung, dass wir sie noch einmal im Siegerkreis brauchen würden."

Shining hätte nicht prächtiger aussehen können, dachte Cindy, als sie Glory neben Shining bugsierte, damit von beiden zusammen Fotos gemacht werden konnten. Und diesen Triumph mit Samantha zu teilen, hatte sie sich in ihren kühnsten Träumen erhofft. „Danke, Sammy", flüsterte Cindy. „Du weißt, wofür – für alles."

„Wofür hat man denn eine Schwester?", erwiderte Samantha leise.

„Still halten, bitte!", rief ein Fotograf.

Ich könnte nicht glücklicher sein, dachte Cindy und strahlte in die Kameras.

Heather kam in den Siegerkreis gelaufen. „Ich hab's fertig – mein Bild von Glory, wie er den Breeders' Cup gewinnt!", rief sie atemlos.

„Ich hab mich schon gefragt, wo du steckst." Cindy nahm die Zeichnung von Heather entgegen und betrachtete sie. „Heather, das ist unglaublich gut!" In der Bleistiftzeichnung flog Glory mit wehender Mähne und flatterndem Schweif auf die Ziellinie zu.

Die Zeichnung fing Glorys Anmut und majestätische Schönheit perfekt ein.

Cindy schaute ihre Freundin bewundernd an. „Du bist wirklich eine Künstlerin, Heather!", sagte sie.

Heather wurde rot. „Danke", sagte sie. „Ich glaube, ich hatte auch ein sehr schönes Motiv."

Heather kann nicht mit Pferden springen wie Mandy oder sie trainieren wie ich, aber sie kan etwas mit Pferden machen, das wir anderen nicht können, dachte Cindy. Sie lächelte, wandte sich wieder dem Trubel zu, um zu sehen, wie es Glory ging – und sah plötzlich Joe Gallagher vor sich.

Zuerst wollte Cindy ihm aus dem Weg gehen. Aber das war nicht möglich, jedenfalls nicht, so lange sie Glory hielt.

Joe zögerte. „Euer junger Hengst hat einen tollen Lauf hingelegt", sagte er schließlich zu Mike und Len. „Hätte nicht besser laufen können. Schön für einen alten Mann, sowas zu sehen." Dann verschwand er in der Menge.

„Ist das zu fassen?", fragte Samantha verblüfft.

„Ich bin froh, dass dieser alte Neider das Nachsehen hat", sagte Len. Er klang nicht überrascht.

„Viele alte Neider hatten heute das Nachsehen", erwiderte Aileen und lächelte. „Das ist ein gutes Gefühl."

„Stimmt", pflichtete ihr Mike bei.

Lavinia Townsend drängte sich durch die Menge und strebte auf den Pulk von Reportern zu, der am dichtesten war.

„O nein – sieh mal, wer da kommt", flüsterte Heather Cindy zu.

Cindy lachte. „Ich glaube, wegen ihr brauchen wir uns nicht all zu viele Sorgen machen", erwiderte sie.

„Was steht für Glory nach seinem heutigen Weltrekord als nächstes auf dem Programm?", rief ein Reporter.

„Wir überlegen, ihn im Winter bei einigen Rennen in Florida antreten zu lassen", antwortete Lavinia.

Cindy öffnete den Mund, um zu widersprechen. Wovon redete Lavinia? Glory würde den Winter auf Whitebrook verbringen! Aber dann sah sie, wie Aileen den Kopf schüttelte.

Ich weiß, was das bedeutet – lass Lavinia sagen, was sie will, und streite nicht mit ihr. Wir machen es später so, wie wir es für richtig halten. Während sie Lavinia beobachtete, wie sie weiter die Aufmerksamkeit der Reporter auf sich zu konzentrieren suchte, glaubte Cindy, Lavinia allmählich zu verstehen. Sie würden wohl nie Freundinnen werden, aber Cindy wusste auch, dass sie sich nicht mehr zu fürchten brauchte.

„Wenn es mit Florida nichts wird, wäre es auch möglich, den Hengst aus dem Renngeschäft zu nehmen und ihn in der Zucht einzusetzen", verkündete Brad.

Was? Cindy starrte ihn ungläubig an. Davon war ja noch nie die Rede gewesen!

„Brad ..." Aileen holte tief Luft.

Cindy zuckte zusammen, denn sie erwartete, jetzt einen heftigen Streit. Sie mochte Brad nicht und wollte ihm auch nicht zustimmen, dass Glory in Florida wieder Rennen laufen oder in Pension geschickt werden sollte. Aber sie wollte auch nicht, dass sich Brad und Aileen heute, an einem solch schönen Tag, eine Auseinandersetzung lieferten.

Aileen atmete langsam aus. „Glory wird eine Rennsaison als Vierjähriger bestreiten und wahrscheinlich beim Donn Handicap im Februar antreten, aber zunächst soll er sich gut ausruhen", sagte sie entschlossen zu den Reportern. „Alle Eigentümer Glorys haben sich bereits darauf verständigt. Nicht wahr, Brad?"

Brad schien widersprechen zu wollen, aber in diesem Augenblick wieherte Glory laut und schrill, als wollte er sagen: Ihr dürft ruhig damit rechnen, dass ich nächstes Jahr wiederkomme!

Brad runzelte die Stirn. Dann zuckte er mit den Schultern und wandte sich wieder den Reportern zu.

„Lassen wir noch ein Bild von unserem Pferd des Jahres machen, bevor wir den Jungen zum Abkühen bringen", sagte Aileen. Samantha brachte Shining näher zu Glory und legte einen Arm um Cindy.

Der junge graue Hengst wieherte und stupste Cindy kräftig mit der Nase an. Cindy lachte vor Freude. „Ich weiß, nächstes Jahr wirst du wieder da sein", sagte sie. „Niemand hätte das besser ausdrücken können."